어른이 되긴 싫고

어른이 되긴 싫고

ⓒ장혜현, 2017

초판 1쇄 인쇄 2017년 12월 19일
초판 1쇄 발행 2017년 12월 26일

지은이 장혜현
책임편집 강희진
디자인 그별
펴낸이 남기성

펴낸곳 자화상(프로젝트A)
인쇄,제작 데이타링크
출판사등록 신고번호 제 2016—000310호
주소 서울특별시 마포구 잔다리로3안길 29, 지층 1호
대표전화 (070) 7555—9653
이메일 sung0278@naver.com

ISBN 979-11-88345-31-1 02810

이 도서의 국립중앙도서관 출판예정도서목록(CIP)은
서지정보유통지원시스템 홈페이지(http://seoji.nl.go.kr)와
국가자료공동목록시스템(http://www.nl.go.kr/kolisnet)에서 이용하실 수 있습니다.
(CIP제어번호: CIP2017034410)

어른이 되긴 싫고

장혜현 에세이

우리는 늘 어른과 아이 그 중간에서 망설인다.
어른과 아이에 대한 정확한 기준도 모르는 채 말이다.

고등학생 때 한 선생님을 좋아했다.
이성적으로 좋아했다기보다 그 선생님만이 가지고 있는
냉소적인 위트가 남들과는 달라 그를 더 멋진 어른으로
보이게 했던 것 같다.
선생님은 어느 날 우리에게 이런 말씀을 하셨다.

"빨리 된 어른은 매력이 없어."

그때부터였던 것 같다.
그 문장을 내 삶의 모토로 정한 건.
빨리 어른이 되는 건 매력적이지 못하니 조금 더 느리게
아이처럼 살아보자고.

그렇게 어른이 되기 싫어 때에 맞는 기준을 거스르며
꾸역꾸역 아이처럼 살아왔다.
어른과 아이 그 기준도 정확히 모르는 채.
그러다 보니 남들보다 뒤처지는 건 당연한 거였고,
뒤늦게 자라난 나는 애매한 어른이 되어 있었다.
선생님 말이 틀렸던 것일까?
어른이 되기 싫었던 내가 이상했던 것일까?

그러다 문득 반대로도 생각해보았다.
빨리 어른이 되려고 노력했다면 난 애매하지 않은
정확한 무언가를 이루었을까?
세상을 구할 수 있는 직업이라도 갖고 있었을까,
그렇게 된 나는 과연 행복할까?
이것 또한 모르는 일이었다.

인생은 그렇다.
지금 현재가 올바른 방향인지 알 도리가 없고
모든 과거는 지나고 나서야 알 수 있게 설계되어 있으며
우리의 미래 역시도 이미 다 정해져 있을지 모를 일이다.

그러니 그저 우리가 할 수 있는 건
어른의 기준을 남의 시선으로 결정하는 것이 아닌
나의 행복으로 결정하면 되는 것이다.
남들이 뭐라 해도 행복의 주체가 내가 되면 된다.
그리고 본인의 결정을 후회하지 않으면 된다.
혹 오답이 나오더라도 그것 역시 좋은 어른의
지름길일 테니.

나 역시도 이 책을 쓰면서 애매한 나를 대면할
용기가 생겼다.
생각해보면 선생님이 말씀하신 빨리 된 어른이란

자신을 남들과 비교만 하며 행복도 못 느끼는 어른이
아니었을까? 맞다. 행복을 남들과 비교한 게 나였다.
남들과 비교해 내 가치를 측정한 것 또한 나였다.

이제야 알 것 같다.
행복의 주체가 내가 되어야만 세상을 구할
좋은 어른도 될 수 있다는 것을.

Contents

1

나는 어른이 되고 싶은 걸까?

진짜를 찾는 과정, 그렇게 '자신'이 되어가는 여정

색을 찾는 과정, 그렇게 '무지개'가 되어가는 여정

2

아직 어른은 되긴 싫어

경험을 갖는 과정, 그렇게 '성장'해가는 여정

행복을 갖는 과정, 그렇게 '어른'이 되어가는 여정

3

그래도 우린 언젠가 어른이 된다

가족을 떠나는 과정, 그렇게 '우리'를 알아가는 여정

. . . .

여행을 떠나는 과정, 그렇게 '나'를 알아가는 여정

1

나는 어른이
되고 싶은 걸까?
......

진짜를 찾는 과정,
....
그렇게 '자신'이 되어가는 여정

어른이 된다는 것은 사춘기로부터의 일시적 휴식에 불과하다.
_줄스 파이퍼

하나,

울지 못하는
어른

한 아이가 넘어졌다.
아이는 고개를 들어 주위를 두리번거렸다.
이내 놀란 엄마의 눈과 마주치자 그제야
목 놓아 울기 시작한다.
조그만 아이가 그렇게 자신의 울 타이밍을 조절했다.

"쪼그만 게……."
나는 어른스럽지 못하게 아이를 질투한다.
역시 눈물은 아이의 특권인가.

어른이 되면서 눈물이 잘 조절되지 않는다.
슬픔이 자꾸만 길을 잃는다.

그리고 그럴 때마다 토끼 눈으로 날 일으켜줄 이 또한
없다는 걸 이젠 안다.
그래도 울고 싶을 땐 슬픔을 찾아가면 되었는데
슬픔이 있어 너를 볼 수 있었는데
시간 속을 헤매다 널 찾아내 울면 되었는데

울고 싶어도 울지 못하는 어른이 되어버렸다.

그렇게 널 잃어버린 채 계절이 바뀌었다.
너를 잃어버린 채로 이 겨울을 버틸 수 있을까.

둘,

그 화분은
욕망의 외면外面이었다

나는 나를 바꿀 수는 없어도
너는 바꿀 수 있을 것이라 생각했다.

아니 나를 바꾸고 싶지는 않지만
너는 바꾸고 가꾸고 키우고 싶었던 것 같다.

내 화분에 너라는 싹을 막 뿌려놓고는
빨리 자라주었으면 하는 마음에 물을 잔뜩 주고,
계속해 햇빛을 보여주며, 넘치는 사랑을 쏟았다.

무엇 하나 만족하지 못한 내 삶에
완벽한 하나를 만들고 싶던 욕망의 화분이었다. 너는.

셋,

어정쩡한
아이

나는 어딘가 어정쩡한 아이였다.

두 번 묶기에는 조금 걸으면 흘러내리고, 세 번 묶기엔 꽉 쪼여 머리가 아파지는 어정쩡한 머리숱과 머리 길이를 유지했고, 공부를 잘한다 말하기도 그렇다고 공부를 못한다 말하기도 애매한 반 등수를 차지했으며, 꽉 마르지도 않아 55사이즈는 작았고, 퍽 뚱뚱하지도 않아 66사이즈는 커서 늘 어딘가 어정쩡한 스타일을 보여주었다.

어정쩡한 아이는 그렇게 어정쩡한 어른이 되었고, 대학교 때 다들 한 번씩 꿈꾸는 '연봉 높은 대기업에 입사해야지'란 포부도, '돈은 없어도 돼, 난 하고 싶은 일을 할 거야.'라는 호기도 없어 어정쩡한 직장에 들어갔고 이렇게 살다 보니 잘 살았다 말하기도, 못 살았네 인정하기도 애매한 돈이 통장에 모여 있었다.

친구들에게도 별반 다르지 않았다. 모자라지 않을 정도의 응원과 어쩌면 모자랄지도 모를 위로를 해가며 관계를 유지했고, 이런 나를 좋은 사람이라 따르는 친구도 있었고 이런 나를 하찮은 사람이라 외면한 친구도 있었다.

그런데 이제 와서 느낀 건, 나는 노력했던 것 같다. 이렇게 어정쩡하게 살기 위해. 비어 있지도 넘치지도 않는 평범한 삶이 행복이라 믿으며 무던히 노력했던 것 같다.

위험은 날 비틀거리게 할 뿐이니.

어정쩡한 몸과 마음은 당연 사랑에서도 마찬가지였다. 열렬히 사랑을 구애한 적도 있지만, 마치 그것을 보상받고 싶다는 듯 사랑을 퍼주는 사람과도 관계를 맺었고 더 나이가 들면서는 노력해 구축해놓은 이런 삶 밖으로 뛰쳐나가지 않을 수 있는 안전한 남자를 찾고 그만큼의 마음만 주었다.

이런 삶이 행복이라 믿었는데 아니 행복을 줄 거라 믿었
는데 서른 살이 지나면서 이렇게 살아온 삶에 회의가 찾
아왔다. 어정쩡한 어른이 어정쩡한 할머니까지 되기는
싫었다.

유쾌하며 지혜로운 요코 할머니*까지는 아니더라도 젊
은이들의 잘못을 지적할 줄도 알며, 젊은이들이 보여주
는 청춘의 다각화를 인정할 줄도 아는, 그렇게 이 세상
에 어울리는 뚜렷한 색의 할머니가 되고 싶어졌다. 어떻
게 몸에 배어버린 어정쩡한 습관을 털어야 하는지 아직
은 잘 모르겠지만 그래도 할 수 있다 생각한 건, 원래 사
람이란 생각하는 쪽으로 스며들기 마련 아닌가 하여. 와,
싱거워.

*사노 요코(佐野洋子). 일본의 동화작가이자 에세이스트. 일본 명작동화
중 하나인 『100만 번 산 고양이』로 아동문학상을 받았고, 여명이 얼마 남
지 않은 말년까지 『사는 게 뭐라고』, 『죽는 게 뭐라고』 등 다수의 에세이를
집필하며 특유의 위트 있고 냉소적인 문체로 많은 이들의 사랑을 받았다.

그래. 어쩌면 계속해 어정쩡하고 싱거웠을 나의 삶에
소금을 약간 쳐줘야겠다.
후추도 좋고, 참기름도 좋고, 맛을 조금 바꿔본다면
결국엔 나도 진국이 되어 있지 않을까?

넷,

내가 결국
내가 된 이유

생각해보면 나는 무언가를 계속해 돌려 말했던 것 같다.

말하고자 하는 본심이 따뜻함보다 차가움에, 선보단 악에 가까울 때 대체로 그랬다. 말들이 계속 빙빙 돌다가 혹여 갈 곳을 잃는다 하더라도 그 말 뒤에 숨어 본심을 감춰왔다.

그렇다고 딱히 선한 사람이 되고자 한 건 아니었는데, 따뜻한 사람이 되고자 한 건 아니었는데도 그렇게 나는 남들 눈에 착한 사람이 되어 있었다.

'착함'이란 단어는 착한 행동, 착한 말투, 착한 마음 등 다른 모형으로 변형되어 마치 크리스마스트리를 장식하는 조명처럼 내 몸에 엉겨 반짝였고, 남들은 그런 날 보며 예쁘다는 말로 칭찬했다. 나는 돋보이려 더 열심히 반짝였고, 무엇이 진심이고 무엇이 거짓인지 모를 때쯤 내가 아닌 내가 되어 있었다.

그러던 어느 날 유난히 고단한 하루를 보내고 7호선 지하철에서 내려 환승하는 곳으로 가려는데 모든 이의 눈길을 끄는 한 아주머니가 보였다.

아주머니는 이곳이 역 안에 있는 아주 작은 가게라는 것, 그 작은 공간을 본인의 목소리로 가득 채우고 있다는 것, 그래서 현재 모든 이의 시선이 전부 당신에게 쏠려 있다는 것을 인지하지 못하고 계신 듯 보였다.

아주머니는 자신이 받은 부당한 서비스에 대해 직원에게 연신 큰 소리로 불만을 토로하고 있었고, 빨간 볼터치가 하얀 피부를 더 돋보이게 해주던 그 앳된 직원은 여러 번 죄송하다고 말하다 지쳤는지 아니면 아주머니에게 쏠린 시선이 혹여 자기에게 돌아올까 하는 두려움 때문인지 계속해서 다른 곳만 바라보고 있었다.

"어유, 왜 저런데?" "무슨 일이래요?" "딸뻘 정도밖에 안 돼 보이는데……" 주변에선 소란을 증폭시킬 만한 다양한 음성이 곳곳에서 들려왔고 나는 5분가량 거기 머물러 있었다. 그러다 계속 보고 있어봤자 도움도 되지 못할 바에야 그냥 가자 싶어 전철을 갈아타기 위해 발걸음을 떼었다.

하지만 궁금증에 못 이겨 얼마 못 가 한 번 더 뒤를 돌아보고야 말았다. 그런데 순간 모든 이들의 소리가 묵음으로 처리되며, "그래서 어떻게 해줄 거예요?"란 아주머니 목소리만 우렁차게 들려왔다. 그 청량감에 나도 모르게 주먹 쥐고 "파이팅!"을 외쳤다.

물론 나는 누가 잘못을 했는지 알지 못한다. 아주머니 쪽이 원래 신경질이 많은 데다 서비스에 대해 강박적 대접을 받으려는 성격일 수도 있고, 그 학생 또한 평소엔 보너스를 받을 만큼 모범직원인데 오늘 하필 남자친구와 헤어져 울적한 마음에 조금 낮은 어조로 말한 게 화근이 되었던 것일 수도 있다.

그들의 속사정이야 모르는 일. 그저 눈앞에 펼쳐지는 정황으로 상황의 단면만을 볼 수 있을 뿐이다. 그런데 상황은 사실을 보여주긴 하지만 사실이 꼭 진실은 아니지 않은가.

난 단순히 할 말을 한다는 그 자체에 초점이 맞춰졌다. 그게 불만이든, 불편함이든, 강박이든, 악함이든, 자신의 생각을 숨기지 않고 그대로 표현하는 그 모습이 통쾌해 보였다. 살면서 처음 느낀 통쾌함이었다. 내 일이 아닌데도 그랬다.

순간 내 몸에 엉겨 있던 환한 조명들이 하나둘 꺼지기 시작했다. 빛의 뜨거움이 사라지자 피부 끝으로 시원함이 감돌았다. 그제야 내 안에 있는 내가 보였다. 처음 본 나의 원형 그대로의 모습이었다.

거짓말 뒤에 숨는다는 건,
다람쥐가 계속해 쳇바퀴를 도는 것과 비슷하다.
결국엔 내가 왜 도는지조차 잊어버리게 된다.
나도 모르는 내가 되어버린 것처럼.

다섯,

그 온기에
볼일이 있어

내가 너를 조금 덜 좋아했다면,
솔직하게 말할 수 있었을 텐데……
네가 보고 있는 나는, 네가 사랑하는 나는
내가 아닐 때가 많았다.

네 애정 어린 손끝은 나의 가장 진실되지 못한 부분에
닿아 있었고 네 온기 어린 마음은 항상
나의 치장된 마음부터 품어주었다.

온기를 잃을까. 네 애정 어린 손길을 빼앗길까.
진심을 감추고 꾸미며 마음과는 다른 언어를 선택해
내 마음을 표현했다.

그런 날들이 계속되니 엉켜놓은 진실 사이로 사랑이
자꾸 길을 잃었다.
마음 밭은 어느새 자갈과 넝쿨로 한 발 떼기도 힘든
불편한 곳이 되어 있었다.

그 끝에 서 있는 너는 더 이상 다가오기 힘들다는 듯
내게 손을 흔들었다.
'이게 아닌데, 내가 원했던 건 이런 사랑이 아닌데……
잠깐만, 가지 마!'라며 꿈에서 깨어났다.

나로 사랑받고 싶어졌다.
어쩌면 진짜가 아름답지 못하더라도.

그러니, 잠깐 나 좀 봐.
그 온기에 볼일이 있어.

아름답지 못한 것도 너야.
적당히 못된 것도 너야.
그 가면 뒤에 있는 게 너야.
진짜로 대면해, 연극은 언젠가 끝나기 마련이잖아.

여섯,

내가 바로
이 시대의 유행

세상의 주인공이 되고 싶었던 적이 있었다.
열심히 꿈을 좇을 때가 그랬다.

꿈을 이루기 위해 모든 재능의 필살기를 다 당겨쓰던
그때 스물두 살에 나는 그랬다.

하지만 그땐 '자신감'이 어쩌면 재능보다 더 큰
필살기였는지도. 서른 살에 나는
그 꽉 차 있던 자신감들이 오래된 핸드폰처럼 자꾸
충전을 요구했다.

작심삼일이 될 게 뻔하더라도 무언가를 배워본다든지

잠깐뿐일지라도 새로운 곳으로 떠나 설렘을 충전한다든지
안티에이징이란 말을 믿으며 외면에 돈을 투자해
불가능을 꿈꿔본다든지

그렇게 계속해 채워주었는데도 나는 깜박거리며
빛을 잃어갔다. 빛이란 젊음이고 젊음이란 곧 유행이기에
그렇게 난 서서히 유행에 뒤처지게 되었다.

아무래도 이번 생은 글렀으니 리셋 버튼을 누르는 게
맞을까. 용기조차 없는 난 인생의 리셋 버튼 대신
인생의 동반자였던 라디오 온ᵒⁿ 버튼을 눌렀다.

느릿느릿한 디제이의 말투 위에 '커트 코베인'의
「And I Love Her」 기타 선율이 얹힌다.
그리고 그는 이렇게 말한다.

"우리가 이 시대의 유행이기 때문에 우린 어차피
자신으로부터 탈피할 수 없어요. 그럼 좋은 밤 되세요."

그래, 유행은 돌고 돈다.

이 시대의 유행 역시 오래전 내가 만들어놓은 것일 수도.
어릴 적 나의 로망이었던 라디오가 이렇게
세월이 흘러도 계속해 내 옆에 있듯이
패션이 미니스커트였다가 배바지였다가
다시 한복이 되듯이
음악이 HOT였다가 방탄소년단이었다가
다시 김광석이 되듯이 말이다.

기다리면 다 자신의 때가 온다.
내가 유행인 시대는 꿈을 잃지 않고
자신을 지속시키고 있을 때이다.

일곱,

그냥
아무나 돼

텔레비전에서 한 유명 MC가 지나가는 아홉 살
여자아이에게 "훌륭한 사람이 되어라"라고 말한다.
그러자 그날 그 프로그램의 패널이었던 유명한
모 가수는 그 아이의 머리를 쓰다듬으며 이렇게 말한다.

"그냥 아무나 돼."

그 장면을 보며 난 문득 이런 생각이 들었다.
어렸을 적 나도 누군가 저렇게 말해주었다면……
그럼 난 지금보다 더 잘 노는 어른이 되었을 수도
더 잘나가는 몽상가가 되었을 수도
좀 더 확실한 어른이 될 수도 있었을 텐데.

이렇게 애매모호한 어른으로 자라버린 건 모두가 나에게
"훌륭한 사람이 되어야 해."라고 강요했기 때문은 아닐까.
훌륭한 사람이 어떤 사람인지, 훌륭하게 되는 방법조차
알려주지 않은 채 말이다.

가뜩이나 애정을 요구하는 아이에게
애정보다 선택을 먼저 주고
가뜩이나 질문을 많이 하는 아이에게
대화보다 답을 먼저 주고
가뜩이나 답도 모르겠는 아이에게
방법보다 회초리를 먼저 주니
그런 어른들만 가득한 세상에서 '훌륭함'이
무엇인지 깨달을 시간이 있었겠는가.

물론 이 모든 걸 두고 어른의 탓을 하자는 건 아니다.
그렇게 살지 말자 했던 나도 그렇게 살고 있는
어른으로 커버렸으니……

하지만 우리에겐 마지막 희망이 있지 않은가.
내 아이에게만큼은 이렇게 말해줘도 되지 않는가.

"그냥 아무나 돼."

가뜩이나 애정을 요구하는 아이에게
비교보단 사랑을 먼저 주고
가뜩이나 질문을 많이 하는 아이에게
답보단 대화를 먼저 하고
가뜩이나 답을 몰라 괴로워하며 다 틀린
시험지를 갖고 온 아이에게
공부보다 두 번째로 잘하는 것을 찾아주고……
그럼 내 아이만큼은 훌륭함보단 사람을
먼저 배우지 않을까.

그렇게 훌륭한 사람보단 사람이라 훌륭한 점을
먼저 알려주고 싶다.
물론 교육관이 맞는 배우자를 만나는 게 먼저겠지만.

아이에게 '훌륭함'에 대해 가르치며
세상을 미리 겁주지 말자.
그건 갑자기 글러브도 없이 링 위에 올라가
'선빵'을 맞는 것과 같은 기분일 것이다.

훌륭한 꿈 없이도, 훌륭한 목표 없이도,
훌륭한 명예 없이도
우린 좋은 어른이 되는 법을 알고 있지 않은가.

여덟,

나를
잊지 마

"자, 이거 너 먼저 해?"
"어? 이거 내가 해도 돼?"

내 것보다 남의 것을 살 때 기쁨이 더 크다는 건 사실 어
릴 적부터 알고 있었다. 어렸을 적, 며칠을 사달라고 졸
라 겨우 얻은 롤러스케이트를 나는 신어보지도 못하고 7
층에 살던 친구에게 선뜻 빌려주었다. 그 친구가 그걸 타
며 웃는 모습이 좋았다.

얼마 전 여행에서 나는 유독 소중한 이들이 떠올랐다. 이
는 나에게 소중한 이들이 생겼다는 얘기인 동시에 소중
한 이가 얼마 되지 않는다는 뜻이기도 하였다.

그렇게 소중한 사람들이 머릿속에 그려질 때마다 사주고 싶은 것들이 떠올라 나는 여행지에 도착하자마자 엄마가 필요하다고 어필했던 영양제부터 찾으러 다녔고, 코엔지 거리에선 남색 야구모자를 보자 그가 생각나 주인에게 애교 섞인 말씨로 할인을 제안하기도 했다. 그러고는 여행 내내 빨리 주고 싶은 마음에 모자만 보면 심장이 '콩닥닥콩닥닥' 뛰었다.

동생이 '예쁜 쓰레기' 같다며 표현한 선물은 아키하바라의 한 캐릭터 상점에서 구입한 것이었다. 만화 캐릭터가 조화롭지 못하게 그려진 공책과 볼펜 키홀더를 보며 동생의 취향이 전혀 아닌데도 불구하고 이상하게 동생이 떠올라 전부 구매해버렸다.

이렇게 소중한 사람들을 챙기며 다니다가 어느덧 여행의 막바지가 되었다. 나는 모아둔 선물들을 캐리어에 챙기며 꽉 찬 마음이라기보다 왜 그런지 헛헛한 기분에 사로잡혔다. 그 뚱뚱한 캐리어에 새로운 내 것 하나가 없다는 것이 왠지 그 이유 같았다.

영양제를 사면서 몇 번을 고민하다 놓은 안구건조증 누액. 몇 번을 거울에 비춰봤지만 모자를 사느라 결국 두고 온 빨간색 원피스. 공책들보다 더 오래 들고 고민했던 가죽 필통.

'다시 또 올 수 있겠지' 하면서 내려놓았던 많은 것들이 떠올랐다. 그러면서 가장 크게 보이던 꺼칠꺼칠한 내 손톱.

다음 날 나는, 도쿄의 모델과 연예인들이 자주 찾는다는 네일아트 숍에 방문했다. 사실 오기 전부터 그들의 특이한 디자인에 마음을 뺏긴 지 오래였다.

이 조그만 손톱을 다듬고 가꾸는 데는 상당한 비용이 들었다. 안구건조증 누액, 빨간 원피스, 가죽 필통을 다 합쳐도 모자랄 만큼의 금액이 찍힌 계산기 액정 속 숫자 배열에 크게 놀라진 않았지만, "옷을 받아줄까요?" "차를 내어줄까요?" 하는 그들의 질문엔 모두 괜찮다는 말로 일관했다.

도톰하게 올라온 네일아트 끝으로 새로운 손톱이 얼마큼 자라났다. 3주가 지났는데도 손톱 아니 그 위에 올라간 아트 부분은 가지런히 유지되고 있었다. 캐리어는 자신을 뚱뚱하게 만든 선물들을 다 토해내느라 고단했는지 안정을 취하기 위해 방 한구석에 자리를 잡았다.

그리고 선물들은 각자의 주인을 만나 떠나갔다. 좋아하는 그들의 환한 표정에 여행의 고단함이 씻겨가는 듯하였다.

그리고 그럴 때마다 나는 잊지 않고 손톱을 한 번씩 내려다보았다. 그들과 똑같은 미소가 나에게도 번졌다.

그런데 여행이 고단했었나?

나를 놓쳐버리는 순간 우리는 남을 찾게 된다.
그러니 삶에서 중요한 건 '나'를 잊지 않는 것이다.

아홉,

내가 누군지
알고나 있어야지

잠이 안 올 땐 주로 웹툰을 보고
기분이 좋은 날 주로 귀여우며
생각이 많은 날 청소를 하고
우울한 날에는 울려고 애쓴다.

청바지엔 힐이 진리라 믿으며
긴 머리보다는 단발머리가 여성미 있다고 느끼고

쓸모 있는 것보다는 쓸모없는 물건을 좋아하고
그 기준은 물건을 살 때 옆 사람의 표정으로
알 수 있으며 버킷리스트는 매년 갱신되지만
그래도 매년 첫 번째로 적는 건 복근 만들기다.

쿨한 것보다는 오글거리는 것을 좋아하고
이와 같은 맥락으로 까칠한 사람보단 다정한 사람을
좋아하지만 어차피 이상형은 '상남자'라는 걸
나는 알고 있으며 스릴러보단 멜로를 좋아하지만
너와 함께라면 공포영화도 괜찮아.

'사랑'이란 단어를 가장 중요하게 생각하며 이십대를
보냈지만 이젠 '행복'이란 단어를 마음의 앞자리에
내어주고

'행복'의 주체가 내가 되지 않으면
그 누구도 사랑할 수 없다는 걸 깨달은 서른이 되었다.

많은 사람들이 "너는 이래."라며 내가 누군지
정의하려 하지만
흔들리지 않는 소신 하나쯤은 갖고 있어야 한다고,
설령 그게 나에게 가장 중요한 한 사람이라 하더라도.

이렇게 적고 있는 이유는 그냥 내가 누군지는
알고 있어야 할 것 같아서.

열,

견고한
배 한 척

어쩌면 삶의 흐름은 바닷물처럼 미리 방향이
정해져 있었던 건 아닐까.

단지, 바람이 잠시 인생을 방해하고 폭우가 삶을 조금
넘치게도 했다가 다정한 선장이 이끄는 배를 만나
다시 올바른 방향을 잡아나가는 것처럼.

지금 내가 이곳에 있는 이유가 이미 오래전 정해진
삶의 흐름이라면
오늘 내가 한 일들이 이미 오래전부터 계획된
삶의 순서였다면 그렇다면,
앞으로 내 앞에 어떤 삶의 계획들이 기다리고 있을까?

하나, 그 계획이 올바른 방향인지 알 도리가 없으니
모든 것들이 지나고 나서야 알 수 있게 설계되어 있으니

그저 내가 할 수 있는 건,

모든 것들이 다 관통해 가고 난 뒤에는 잦은 폭우에도
난파되지 않을 견고한 배 한 척이
내 마음에 자리 잡고 있기를 기도하는 것.
그 배를 이끌 수 있는 다정한 선장이 내가 되는 것.

어쩌면 내 앞에 놓일 선택지는 이미 다
정해져 있는 것일지 모르니
지금 우리가 적은 이 오답이 좋은 어른이 되는
지름길일지도 모르니
오답을 적었다며 스스로를 자책하지 않기를.

색을 찾는 과정,
......
그렇게 '무지개'가 되어가는 여정

아마도 사랑할 때 우리가 경험하는 감정은 우리가 정상임을 보여준다.
사랑은 스스로 어떤 사람이 되어야 하는지를 보여준다.

_안톤 체홉

하나,

나는 너의 비가
되고 싶었다

나는 너의 비가 되고 싶었다.
세찬 비로 너의 아픔을 씻어내고
적막한 네 마음에 필요한 존재가 되어주고
너를 적시고, 너를 채우고, 너를 시리게 하고
그렇게 계속해 같은 계절이면 네 앞에 나타나며
일 년 수백 번씩 내리는 빗소리에도
내가 생각나기를 바랐다.
그래서 언젠가 날 잊어야 하는 순간이 오면
사계절이 겨울인 나라로 네가 도망가주기를
그렇게 너의 인생에 싫지 않은 '비'가 되고 싶었다.

결국 네가 나의 시린 '비'가 되었지만.

둘,

알고 있었는지
모르겠지만

기쁨과 기쁨과 기쁨이 힘을 합치니
곧 행복으로 물들었다.

슬픔과 슬픔과 슬픔이 힘을 합치니
곧 고통으로 느껴졌다.

불안과 불안과 불안이 힘을 합치니
곧 공포로 다가왔다.

기쁨과 슬픔 그리고 불안이 모두 힘을 합치니
곧 네가 나타났다.

넌 나의 애끓는 마음이었다.
넌 나의 모든 감정이었다.

알고 있었는지 모르겠지만.

셋,

세탁소에서도
해결 못하는

사랑은 칠칠맞게 자꾸 흔적을 남긴다.
꼭 진한 커피 자국처럼

커피 자국은 아무리 세탁을 해보아도 조금씩
희끗해지긴 하지만
그렇다고 완벽하게 지워지진 않는다.
사랑도 이런 커피 자국 같다.

나의 사랑의 자국도 여러 곳에 남아 있는데
어렸을 적엔 대체적으로 물건에 남아 있었다.

십 년 가까이 내 손목에 채워져 있는 시계가 있다.

스무 살 첫사랑이 준 건데, 신기한 건 잊어버렸을 때도
일부러 버리고 왔을 때도 다시 내 손목으로 돌아와 있었다.

정말로 찜질방에 두고 잊어버리고 있다가 다음 날
가보았을 때도 거기 그 사물함에 그대로 있고,
여행지에서 일부러 두고 왔을 때도
숙소 직원이 곱게 포장까지 하여 다시 나에게 보내주고
그렇게 몇 번을 계속 돌고 돌아 나에게로 돌아오던 그것.

그 시계를 몹시 아꼈다. 손목에 찰 때마다 그를 생각했고
시계가 없어지면 그가 생각나지 않을까? 하며
버리고 온 적도 있지만 시계가 없다고 그가 뇌리에서
사라지는 게 아니라는 사실도 점차 알게 되었다.

그 뒤론 물건에 붙어 있는 사랑의 자국은 지우려
노력하지 않는다. 애써 버리려 하지도,
깨끗이 닦아내려 하지도.

그런데 사랑의 자국이, 물건이 아닌 무형의 형태에
묻어 있을 때가 있다.

버리려 할 수도 없고 지워보려 할 수조차 없는
길 위의 공기, 노랫소리, 파도소리.
내 힘으로도 어쩌지 못하는 사랑의 자국엔 손쓸
도리가 없어 나는 자꾸만 길 위에서 울어버린다.

내일은 선글라스를 사야겠다.
우는 걸 들키지 않으려면 말이다.

사랑의 흔적은 결국 지워지지 않는다는 것.
그렇다고 사랑의 흔적을 붙잡고 울 나이는 지났다는 것.
그리고 어디에도 나의 자국을 해결해줄 세탁소가
없다는 걸 아는 나이가 되었다.

넷,

지금의 나는
누구의 탓일까

꺼끌꺼끌 헤져 있는 머리카락 끝을 만지며
'역시 안보다는 밖이 나은데?'라고 생각했다.

예전에 이별을 했을 때는 그냥 울었다.
열심히 울고 나면 눈이 붓고, 머리는 뚱뚱해져
이내 또다시 슬퍼진다.

그렇게 미로 같은 시간 속을 몇 번 더 헤매다 보면,
어느 순간 나도 모르게 제시간을 찾고 제정신이 들며
그렇게 서서히 제자리를 찾아가게 되었던 것 같다.
맞아. 그땐 그랬던 것 같다.

오늘 머리색을 바꿨다.
어딘가 불량스러워 보이는 의도적인 노란색 머리.

내가 머리 자르는 걸 싫어했던 그.
그가 없어진 지금도 머리를 자르지 못한 건,
미련일까 그리움일까.

그는 내가 화려한 옷을 입는 걸 싫어했으며,
내가 마스카라를 하는 것도 좋아하지 않았다.

왜 그러는 것이냐고 물어보면 그는
"속눈썹 하나까지 지금 이대로 있어줘."라고 대답했다.
속눈썹 하나, 머리 길이 하나까지 변하지 않은 지금
그는 왜 옆에 없는 것일까?

"헤어지고 싶어졌어."
"어째서?"
"그냥…… 그러고 싶어졌어."

묻고 싶었다.

아무것도 변하지 않았는데 왜 나를 떠나가는 것이냐고.

아니 묻고 싶지 않았다.
아무것도 변하지 않아서 결국 나를 떠나가는 것이냐고.
거울에 비친, 낡고 어색해져버린 나를 내다보며 생각한다.

아무것도 변하지 않으려 노력했던 그때의 나는,
세상에 어울리지 않게 된 현재의 나는,
누구의 탓으로 돌려야 하는 것인가.

다섯,

사계절의
부작용

머릿결 사이를 빠져나가는 차가운 바람에
가을이 돌아왔음을 느낀다.
여름이 벌여놓은 많은 일들을 해결해주려는 듯
바람은 분주하다.

잠깐 머물고 갈 가을의 분주함에 나는 괜스레 서러워
애써 챙겨놓은 평온이 바람에 딸려갈까
마음에 찬 기운이 스민다.

가을이 쓸쓸한 이유도 이것 때문이지.
더 나누고 싶은 마음을, 더 함께 있고픈 시간을
눈雪이 덮을까, 눈目을 애태우기 때문일 것이다.

사랑은 가을에 하지 말아야겠다.
술잔 앞에 솔직한 우리의 이야기가 끊어질지 모르니,
함께 있고픈 마음이 시간 앞에 다급해 보이면 안 되니.

그러니 가을엔 이대로 조금 더 외로워야겠다.

사계절이 있어 아름답지만
그 네 번의 변화가 나의 마음을 자꾸 조급하게 한다.

여섯,

사랑은 어쩌면
난기류의 영향

〈최고의 이혼〉은 한 부부의 결혼 그리고 이혼에 대한 생각 차이를 서로의 입장에서 코믹하게 그린 일본 드라마로 2013년에 방영되었다. '이혼'이란 무거운 주제를 다루고 있지만 중간중간 코믹한 요소가 많아 마냥 무겁지만은 않게 볼 수 있었는데 어쨌든 거기엔 이혼을 격렬히 원하는 한 부부가 등장한다.

그들은 서로 미워하며 가끔 아니 자주 남에게 서로를 헐뜯는가 하면 이혼을 하네 마네 하다가도 이내 언제 그랬냐는 듯 서로에게 장난치기도 하지만, 내가 보기엔 저 정도면 오히려 이혼하는 게 맞겠다는 생각이 들 만큼 둘은 뭐 하나 맞는 게 없다.

"10분밖에 안 지났잖아, 무슨 일이 좀 일어난 것뿐이겠지."

영화 시작 시간에 매번 10분씩 늦게 오는 아내. 그러나 초반 10분이 주인공의 성장과정과 영화의 전체적인 테마를 보여주니 중요하다 생각해 매번 10분씩 일찍 가는 남편.

"알고 있어. 하지만 언젠가는 당신도 아이가 갖고 싶을지 모르잖아…… 계속해서 완벽하게 아이에 대해 부정당하면 슬픈 건 당연하잖아."

아이를 절실하게 원하는 아내. "그럼 처음부터 결혼을 잘못한 거네."라고 응수하며 아이는 절대 싫다는 남편.

고양이를 좋아하는 남편과 같은 날 쥐를 키우겠다며 햄스터를 데리고 온 아내.

이렇게 딱 봐도 둘은 취향이며 성격이며 뭐 하나 잘 맞는게 없다. 이쯤 해서, 그러니까 맞는 것 하나 없이 만나면

〈톰과 제리〉처럼 싸우기만 하는 이들이 어떻게 결혼까지 할 수 있었을까? 하는 의문이 생길 때쯤 그들의 첫 만남 장면이 나온다.

두 사람이 각자 일을 마치고 집으로 돌아가던 중 지진으로 지하철이 멈추었고, 캄캄해진 지하철 안에서 두려움에 떨고 있는 여자를 보고 걱정이 된 남자는 이것저것 묻기 시작한다. 지하철이 재운행되고 둘은 같은 역에 내린다. 그리고 집은 서로가 다른 방향이었지만 모른 척하며 헤어지기 아쉬운 마음을 대화로 이어간다. 그런 운명과 필연이 겹쳐 둘은 동거를 시작하고 한 달 만에 결혼에 골인한다.

이 장면을 보고 어쩌면 남자와 여자를 연결해주는 건 두려움 때문인지도 모르겠단 생각이 들었다. 비행 중 갑자기 난기류를 만나 비행기 동체가 정처 없이 흔들리면 옆에 있는 모르는 사람의 손이라도 잡고 싶은 심정이 되는 것처럼 말이다.

내 앞에 놓인 불안함이, 미래에 대한 두려움이, 수많은 현실적 위험요소들이 더욱 누군가의 손을 잡고 싶게 하는 건지도. 그리고 우리는 그 마음을 사랑이라 착각하게 된 걸 수도 있다. 그러니 어쩌면 사람이 사랑에 빠지는 계기는 생각보다 아름다운 공기의 흐름은 아닐지도 모른다.

결론부터 말하자면 이 드라마는 그야말로 드라마답게 두 사람이 다시 같이 사는 것으로 끝이 난다. 이혼은 했지만 이혼한 상태로 다시 한 번 같이 살아보기로 하는, 참 일본스러운 결말이 아닐 수 없다.

"못난 부부네."
"아무렴 어때."

각자의 성격은 여전히 변하지 않겠지만, 대신에 사람은 변하지 않는다는 걸 둘은 이해하기 시작한다. 더불어 남편은 아내를 사랑했던 시간들, 잊고 있었던 날들을 다시 찾고 아내 역시 이렇게 말하면서 남편을 받아들인다.

"거짓말하지 않는 사람이랑 같이 있으면 안심이야. 성실

하고 거짓말하지 않는 사람과 같이 있으면 자기 그대로
의 모습으로 있을 수 있어."

사랑은 사람이 변하지 않는다는 것을 인정하는 데서
시작된다. 그리고 그 점이 이 난기류 같은 세상 속에서
내 사랑을 지켜내는 방법이다.

일곱,

연습
과정

첫 번째 연애를 했을 땐 처음 맞본 달콤함 때문인지 사탕
을 달라고 떼쓰는 어린아이처럼 계속해 사랑을 졸랐었
다. 조른다고 마음이 더 생길 수 없단 걸 모르던 때였다.
더불어 더 사랑하는 사람이 약자란 뜻도 모르던 나의 스
무 살 첫 번째 연애. 결국 그는 나에게 이별을 고했다.

두 번째 연애는 그러지 않겠다 다짐했다. 더 많이 사랑하
지 않겠다는 것. 사랑을 받은 만큼만 돌려주겠다는 것이
그 다짐에 들어 있었다.

첫 번째 사랑에서 배운 것으로 두 번째 사람에게 마음을
표현하니 이번엔 마음이 팽팽해지지 않았다. 온도는 미

지근했고, 작은 떨림에 마음을 움켜쥐는 일도 없었다. 결국 나는 그에게 이별을 고했다.

그러다 보니 세 번째는 연애 트라우마가 존재했다. 불안함은 자동이었다. 마음이 '휴업 상태'라고 해야 하나? 마음을 어떻게 쓰는 것이 맞는지 모르겠는 상태. 역시 듣던 대로 사랑에는 정답이 없는 걸까? 정답이 없기에 그저 마음이 시키는 대로 따라갔다.

보고 싶다는 말을 돌려 하지도, 사랑을 조르지도, 마음을 재보려 하지도 않았다. 그랬는데도 우리에게 위기는 찾아왔다.

이별을 듣는 것보다 이별을 고하는 것이 더 힘들다는 걸 알았는데도 난 전자가 되지 않으려 그에게 이별을 고했다.

"우리 그만 헤어지자."

돌아온 단어는 대답이 아니었다. 물음이었다. 그것에 나는 안도했다. 안도한 나에게 당황했다.

"우리 진짜 헤어질까?"

"……아니."

"그럼 사과해. 신중하게 말하지 않은 거."

"미안해. 신중하지 못했어."

첫 번째 연애를 하다가 끝내고, 두 번째 연애를 하다가
끝내고, 세 번째 연애까지 시작하면서도 나는 변한 게 없
다. 언제나 내가 중요하고 고집 센 못된 나지만 앞서 경
험한 연애를 통해 배운 게 하나 있다. 사랑을 놓치지 않
기 위해선 사과할 때를 알아야 한다는 것. 빠르고 정당한
사과일수록 사랑의 깊이도 커진다는 것. 연애의 연습 과
정을 통해 이것 하나쯤은 배워두었달까?

마음은 씀으로써, 아픔은 복습함으로써
우리는 사랑과 화해하는 법도 배워나간다.

여덟,

추억의
무채화

추억이란 시력과도 같아서 사람마다 조금씩
다르게 표현된다.

어떤 이는 한쪽 눈을 가리고도 쉽게 추억을
찾아오는가 하면 어떤 이는 이미 흐릿해져버린 추억 앞에
안경을 꺼내 쓰기도 한다.

그의 그날은 끊임없이 아프게 다가오는
하얀색 추억이 되었고,
그녀의 그날은 다신 그를 보지 않아도 될
검은색 추억으로 새겨졌다.

똑같은 추억의 장면 속 그는 사랑을 아프게 기억했고,
그녀는 사랑을 끝이라 기록했다.

그렇게 둘은 달라져버린 추억을 꺼내놓으며
현재 서로가 서로의 옆에 있지 않음을 실감한다.

어쩌면 추억은 처음엔 핑크색이었는지도 모른다.
시간이 흐르고 계절이 바뀌며 둘의 빈틈 사이로
새로운 색이 스며들어 추억의 색을 섞어버린 걸지도,
어쩌면 그것이 사랑의 질감을 변하게 한 건지도
모르겠다.

둘이 늘 함께했다면, 핑크색 추억은 여전히
핑크색이었을까?
같이 있던 순간조차 서로 다른 감정이었기에
결국 그들의 추억이 무채색이 되어버린 건 아니었을까?

지금 당신을 사랑하는 사람은
당신도 사랑하는 사람인가요?

아홉,

색을 얻는 과정,
그렇게 '무지개'가 되어가는 여정

내 삶을 전부 그로 물들이던 때가 있었다.
그때 내 심장은 투명한 푸른색이었던 것 같다.
푸른색이 주는 시원함에 이끌려 그의 안으로 성큼
발을 내디뎠다.

늘 한 발 앞서 걷던 그는
내가 언제라도 잡을 수 있게 허리에 손을 펴두었는데,
그 손을 잡기 위해 뛰어가며 본 그의 손은 부드러운
노란색이었다. 노란색이 주는 따뜻함에 맞잡은 손을 타고
내 마음의 온도가 높아졌다.

그의 눈은 검정을 살짝 비껴간 짙은 녹색이었다.

마주친 그의 눈동자에 내 머릿속이 녹색으로 선명해지며
기도를 타고 내려갔고 내 심장은 길을 찾을 수 없는
무성한 초록색 풀밭이 되어버렸다.

확신할 수 없는 단어들을 꺼내놓던 그의 입술은
짙은 선홍색이었다. 그가 늘어놓던 말들은 결국
이별의 완료로 가는 거추장스러운 단어의 조합이란 걸
그의 붉은 입술이 더욱 선명히 알려주었다.
그 말은 그렇게 내 귀를 타고 들어와 내 마음에
붉은 피를 내었다.

한 사랑을 끝내고 보니, 마치 한 계절이 끝나
하나의 나이가 생겨나는 그런 일련의 과정들처럼
내 안에도 다양한 색이 자리 잡고 있었다.
거울에 비춰본 나는 굉장히 아름다운 무지개였다.

비로소 이런 생각이 들었다.

이거면 충분하다.
사랑했으니 충분했다.

열,

진지한
잔소리

연애는 안 하는 것보단 하는 게 낫고 감정은 쌓아두는 것
보다는 소모되는 게 맞고 '이게 맞나' 고민하게 하는 남
자친구라도 옆에 있는 게 더 나을 때가 많다.

그래서인지 세상의 모든 연애 이야기가 소중하고 애틋해
흘러가는 이야기도 잘 모아두는 편인데 그렇게 모은 사
랑 이야기들로 나는 종종 주변 사람들의 연애상담을 해
준다. 물론 그들은 내가 글로 배운 연애로 상담을 하고
있는지 꿈에도 모르겠지만.

내가 생각하는 연애상담의 필수 원칙은 절대 친구 편을
들지 않는 것인데, 우선 친구에게 저 말을 들었을 상대방

의 입장에서 먼저 생각해본다.

왜냐하면 친구는 그 사람과 더 사랑을 유지하고 싶어 이야기를 꺼낸 걸 테니까, 그럼 동시에 나도 친구의 사랑을 지켜줘야 할 의무가 생긴 거니까.

그런데 이런 나도 때론 단호하게 말할 때가 있는데 이미 헤어진 상태일 때가 그렇다. 그때 나는 친구의 미련을 깔끔하게 스트라이크 쳐줄 호된 타자가 되어야 한다.

한 조사기관에 의하면 헤어진 연인이 다시 만날 확률은 82%라고 한다. 그리고 다시 만난 그 연인이 또다시 헤어질 확률은 97%. 즉 헤어졌다가 다시 만난 연인이 결혼까지 할 확률은 고작 3%. 그렇담 고작 3%의 확률도 헤어짐의 아픔을 다시 겪어야 할 필요가 있을까? 다시 헤어지는 이유가 이전의 헤어진 이유와 같다는 것이 1위인 놀라운 결과를 보고도 말이다.

사정이 이렇다 보니 최근 들어 헤어진 친구들에게 난 이 말을 가장 많이 한다.

"그런 남자라는 걸 지금이라도 알아서 얼마나 다행이니. 어머, 그런 여자라는 걸 지금이라도 알았다니 넌 복받았다. 로또 사! 로또."

실제로 이런 낙천적인 생각이 "힘내. 시간이 약이야." 이런 상투적인 말보다 더 도움이 될 거라 단언한다.

'그날 내가 그 말을 하지 않았더라면, 내가 좀 더 마음을 숨겼더라면, 너무 빨리 몸과 마음을 쥐버렸던 건 아닌지, 그래서 나한테 질린 걸까? 내가 다 망쳤어.' 하는 식의 자기 비하보다는, '그런 사람이란 걸 이제라도 알게 된 게 얼마나 다행이야. 같이 즐겼으니 됐어. 나 같은 복덩이를 차버렸으니 넌 평생 로또 같은 건 꿈 깨는 게 좋을 거다.' 라는 식의 자기 합리화가 더 생산적이지 않은가.

정말 그와 내가 이루어지지 못한 건 그의 큰 그림을 내가 이해하지 못했기 때문이라 생각하는가. 정말 그녀에게 버림받은 건 그녀의 세심한 감정 균열 위를 무참히 걸어갔기 때문이라 생각하는가.

아니다. 그저 신이 둘의 잘못된 운명을 알고 당신의 운명을 재부팅시켜준 것일 뿐이다. 진짜 운명을 찾기 위해 낭비한 시간을 되찾아준 것이다. 그러니 헤어졌다고 마냥 울고 있을 것이 아니라 그저 신에게 7,530원 정도의 과하지 않은 감사를 표하며 그 아껴준 시간을 날 위해 써보는 건 어떨까?

아무리 이렇게 말한다 한들 당신은 어쩌면 97%의 확률보다 3%의 확률을 더 신뢰할 수 있고, 그 나쁜 새끼는 다어디 갔는지 자신이 한 말은 새까맣게 잊고, 일 년 더 만날 수도 오 년 더 만날 수도 있으며 어쩌면 그 3% 확률안에 골인할 수도 있다. 사랑했던 마음이 또 어떻게 그리쉽게 접히겠는가.

하지만 이렇게라도 자신의 마음을 한 번 더 들여다보는계기가 있으면 어느 순간 누가 봐도 나쁜 사랑은 좀 더빨리 피해 갈 수 있을 것이다.

오즘 시급도 올랐다는데
신이 아껴준 소중한 시간을 날 위해 써보는 건 어떨까?

열하나,

다름을
다르게 본다면

입술이 작지 않은 너였다면
아마 나는 너에게 반하지 않았을 것이다.

공상이 많은 너였다면
아마 나는 너를 좋아하지 않았을 것이다.

꿈이 많은 너였다면
우린 아마 사랑을 시작할 수 없었을 것이다.

네가 이렇듯 세상에 차갑지 않았다면
우린 아마 섞이지 못했을 것이다.

꿈이 많던 나는, 공상이 많던 나는
그렇지 않은 너를 만나 나의 허황됨과 무모한 부분을
인정할 수 있었다.

마냥 세상을 뜨겁게만 바라보던 나는
너와 섞이지 않았다면, 열정에 앞이 가려 세상을 제대로
바라보지 못했을 것이다.

이제야 인정한다.
우리가 같은 극이었다면 자석이 되지 못했으리라.

아마 우리가 서로의 다름을 인정하지 않았더라면,
이 마음을 온전히 사랑이라 부르지 못했으리라.

열둘,

미완성의
미학

아직까지는, 이 말을 나는 꽤 부정적으로
생각했던 것 같다. 그의 입에서 듣기 전까지.

"아직까지는 좋다."
"아직까지는 고마워."

그의 자상한 행동, 따뜻한 눈빛과 함께 들으니
그 '아직까지는'이 가리키는 시간을 연장하고 싶어졌다.

'아직까지'가 전해주는 미완성의 느낌이 애정을 겹겹이
쌓아올리며, 견고히 사랑을 완성해가고 있다는
기분 또한 마음에 들었다.

아직까지는, 이 단어에 담을 수 있는 시간의 깊이가
얼마큼인지 모르겠지만

중요한 건, 나 역시 아직까지는 그에게 사랑받고 싶고
아직까지는 그의 눈에 예뻤으면 좋겠고,
그리고 아직까지는 그와 함께여서 행복하다.

너와 함께한 아직은 좋구나.

열셋,

사랑의
정석

사람은 쉽게 변하지 않는다고 생각했다.
성격이란 문제는 이미 엄마 배 속에서 치밀하게
공식화되어 답이 정해진 거라고.

그렇기에 아무리 다르게 풀어보려 해도 결국 나는
바뀌지 않는다고. 그게 살면서 스스로 받아들인
가장 충격적인 문제의 답이었다.

그런데 너를 만나 사람은 본디 미지수란 생각으로
바뀌었다. 아무리 풀어보려 애써도 바뀌지 않던 내가
너의 마이너스(-) 부호를 만나 나의 난폭 세포가
반으로 줄어들고 너의 플러스(+) 부호를 만나

나의 이성 세포가 늘어나 판단력을 높여주며
마음을 차분히 가라앉히는 법도 알아가고,
상황에 따라 말과 마음이 가분수가 되더라고 그것 또한
지나갈 일이라며 스스로 자책하지 않게 되었다.

너는 나의 등호^{等號}였다. 내 기분이 플러스든
성격이 마이너스든 단점이 제곱이든
장점이 가분수든 그냥 넌 날 결과로만 봐주었다.

그리고 이런 너를 만나
나는 나의 오답을 두려워하지 않게 되었다.

어차피 타인이 원하는 건 일부의 부호^{符號}이지
정답이 아니야. 그러니 모든 이의 눈에
정답을 보여주려 애쓰지 마.

2

아직 어른은
되긴 싫어
......

경험을 갖는 과정,
……

그렇게 '성장'해가는 여정

우리 모두는 초대장 없이, 비자발적으로 지구에 온 방문객이다.
_알버트 아인슈타인

하나,

솔직함의
적정선

어른이기 때문에 솔직함의 양은 중요하다.

마냥 입이 무겁다고 해서 어른이라 생각하지 않으며
생각이 가볍다고 해서 쉽게 어리다 단정하지도 않는데
그런데도 어디까지가 인간이 솔직함으로 포장될 수
있는지 모르겠다.

어디쯤이 자신의 매력도 보여줄 수 있고,
소중한 관계도 지킬 수 있으며
낯선 사람과 어색함을 허물 수 있는 기준이 되는지.
과연 얼마큼 꺼내 써야 적당한 것일까?
내가 아직 어른이 되지 못해 모르는 걸까?

솔직은 부끄럼쟁이 같다.

거짓은 거짓말쟁이처럼 물어보면 곧바로 들쑥날쑥

답이 나오는데 비해 솔직은 마음을 먹어도

안에서만 맴돌 뿐 쉽게 밖으로 나오려 하지 않는다.

둘,

추억의
습격

라디오에는 어릴 적 추억이 많이 묻어 있다.

고등학교 3학년. 전교생에게 이어폰을 필수품으로 만들
어준 선풍적 인기 라디오 프로 〈두시탈출 컬투쇼〉. 그때
는 아침에 '수학의 정석'은 안 챙겨도 이어폰은 제일 먼
저 가방 안에 챙겨 넣었다. 우리 반 아이들에게도 역시
라디오는, 수능이라는 앞도 보이지 않는 사막을 걸어나
가며 그 속에서 유일하게 찾은 오아시스였다.

점심시간이 끝나고 5교시 자습시간이 되면 모두 교과서
를 앞에 세워두고 교탁 앞 선생님의 시선을 철저히 차단
한 뒤 짝꿍과 이어폰 한쪽씩을 나눠 꼈다. 두 시간 동안

우린 같이 '큭큭'이 아닌 '끅끅'거리며 웃음을 참느라 혼났다. 결국 같은 부분에서 '픕' 하며 콧물 섞인 웃음이 터져버리는 바람에 당분간 라디오와는 이별을 해야 했지만, 수능이 끝나니 푸근한 곰돌이 같은 남자의 꿀 떨어지는 "잘 자요"가 날 기다리고 있었다.

대학교 때는 맘 놓고 새벽 늦게까지 라디오를 들었다. 과제가 많았던 탓도 있었지만 이 작은 자취방 안에 저 작은 라디오에서 나오는 디제이의 나긋나긋한 목소리가 유일하게 나의 새벽을 책임져주던 친구였다. 그렇게 라디오 친구의 이야기를 들으며 남들은 모르는 노래를 알아가고 새벽까지 숨겨둔 마음을 풀어놓는 것이 좋았다.

대학을 졸업하고 사회로 나가면서 라디오는 팍팍한 현실에 밀려나 점점 나의 생활에서도 멀어지게 되었다. 출퇴근길 버스 안, 점심시간 회사 앞 백반 집에서 듣는 것 말고는 일부러 찾아 듣진 않게 되었다. 평생지기였던 라디오가 없어졌는데 내 삶에 변한 건 하나도 없었다. 아이러니였다.

그날은 새벽까지 잠이 오지 않았다. 책이란 수면제를 써 보아도 당최 집 나간 잠은 돌아올 기미가 없었다. 나는 마지막 보루로 책상 위 먼지가 소복이 쌓인 라디오를 켜 보았다. 몇 개의 채널을 돌리다 새벽이니 전직 아나운서 의 청아한 목소리가 어울릴 것 같아 거기에 주파수를 맞 추고는 그 전직 아나운서인 디제이가 들려주는 사연에 "어머 진짜." "나도 떨린다." "풉, 뭐야 좀 웃기네."라며 같 이 맞장구를 쳤다. 마치 학창시절 죽고 못 살던 사이의 친구와 연락이 끊겼다 우연히 다시 만난 것처럼 나는 그 렇게 주저 없이 수다스러웠다. 그리고 청승맞게 울어버 렸다. 세 평짜리 자취방, 은색의 조그만 라디오 그리고 그들에게 새벽을 의지하던 그날들이 차례로 떠올랐기 때 문이다.

아마 내가 그리웠던 건 그때의 시간은 아니었을 것이다. 그날 내가 그리웠던 건 목표가 있던 그때의 나였다.

셋,

신선한 생선을
낚시하던 고양이

나도 내가 불쌍한 걸 못 느끼는 사람이었으면 좋겠다고
필리핀의 한 섬 라푸라푸에서 매일같이 생각했다.

라푸라푸는 휴가지로 썩 추천하고 싶지 않은 곳이다. 그
곳은 한국의 70년대를 배경으로 하고 있었는데 70년대
를 살아보지 않았어도 이곳을 본다면 어땠을지 짐작할
수 있는 그런 곳이었다.

언제 무너져도 이상하지 않을 지붕 위론 물이 가득 고여
있고, 골목골목 주인 없는 강아지들은 버려진 음식물을
뒤적거리고 있으며 사람들 대부분의 의상은 실용성을 너
무 중시한 나머지 이곳저곳이 낡고 찢어져 있었다. 가장

참기 힘들었던 건 자동차들이 쌩쌩 달리는 도로 위를 아이들이 위험천만하게 걷고 있는데, 빵빵 소리가 요란한 와중에 아이들이 내가 발걸음을 옮길 때마다 도와달라며 그 길을 건너 다가오는 것이었다.

이유는 모르겠지만 안타까움은 쌓이고 쌓이면 이윽고 짜증이 되어 나타난다. 그 탓으로 난 이곳을 오자고 한 친구에게 사흘째 짜증을 내고 있는 중이었다.

어쩔 수 없이 밖에 나가야 할 땐 줄곧 앞만 보며 시선을 돌리지 않았다. 그래도 어쩔 수 없이 강아지 밥을 사 나눠주고, 그래도 어쩔 수 없이 아이들에게 돈을 주었다.

나흘째 밤. 어둠이 오히려 마음을 평온하게 하여 혼자 나와 바닷가를 걷고 있는데 물 근처에서 발을 날름날름 재빠르게 움직이고 있는 고양이 한 마리가 보였다. 물수제비라도 뜨는 것인가? 그는 엄청난 집중력을 선보이며 내가 가까이 다가가도 내 존재를 눈치채지 못하는 것이었다. '잠깐만, 그런데 저 고양이 지금 낚시 중인 거야?' 가까이 가보니 조그만 물고기들이 수면 위로 튀어 오르는 것이 보였다. "야옹!"

순간 고양이와 눈이 마주쳤고 고양이는 이내 도망치듯 자리를 피해버렸다. 미안하다고, 돌아오라고 소리쳤지만 우리의 언어가 달라 그에게 전달되지 않은 것 같았다. 그런데 고양이가 낚시하는 모습이라니, 대박.

다음 날 아침 우리는 일정 중에 현지인 한 분을 만났다.

"안녕, 난 모닝 디스카운트야."
"모닝 디스카운트?"
"응 조조. 내 이름."

이 신선한 자기소개에 나는 그만 빵 터져 배꼽을 잡고 웃었다. 엄지척도 잊지 않았다. 모닝 디스카운트라고 자신을 소개한 조조는 짙은 구릿빛 피부에 녹색 피켓티셔츠 앞 단추를 두 개 정도 푼 채 그의 다부진 얼굴형과 참 잘 어울리는 까만 보잉 선글라스를 쓰고 있었다. 내가 이곳에서 본 사람 중 처음으로 실용성보단 멋을 중시하는 사람 같았다. 그가 알려준 이 섬의 비밀들, 현지인들이 고

백의 장소로 이용한다는 최고의 뷰포인트, 그리고 요새 핫한 노래들까지, 조조가 들려주는 이야기를 듣고 있으면 나도 모르게 표정이 해맑아졌다. 아마 조조의 표정을 따라한 거겠지만.

그렇게 이 두 가지의 일은 내 짜증에 처방전이 되어주었다. 그 효과로 난 이곳을 찬찬히 다시 볼 수 있었는데 다시 보니 안타까움은 모두 나에게 있었다. 편견만 잔뜩 지니고 있던 무지한 내가 안타까웠다. 어째서 이곳의 풍경만 보고 그들이 행복하지 않을 거란 일차원적 생각을 품어버린 걸까?

찰리 채플린도 말하지 않았는가. "인생은 가까이서 보면 비극이지만 멀리서 보면 희극"이라고. 아무래도 찰리 채플린은 눈이 좋았을 것 같다. 그렇기에 멀리 있는 것도 안경 없이 잘 보았겠지. 그러니 이런 멋진 말도 했을 테고.

멀리서 바라본 그곳엔 지붕 위를 꼼꼼히 수리하는 풍채 좋은 아저씨와 그런 아저씨를, 한 손에 물컵을 들고 사랑스럽게 바라보던 아주머니, 길 위로 사이좋게 음식을 나

뉘 먹던 강아지, 항상 외부인에게 밝게 인사해주던 아이
들 그리고 그 아이들의 티 없이 맑은 눈이 있었다.

선입견만이 색안경이 아니다.
무지함 역시 앞이 안 보이는 안경을 낀 것과 마찬가지다.

넷,

어쩌면 이상형일지도
모르는 일

"어? 내가 이 색깔을 언제 샀었지?"

이미 갖고 있는 똑같은 색깔의 핑크색 립스틱.
책꽂이에 꽂혀 있는 『상실의 시대』 두 권.
정리가 안 되고 있는 정리정돈 책.

나는 취향이 일정했다. 그리고 변화를 좋아하지 않았다.
늘 먹던 것만 먹고 늘 가던 곳만 가며 좋아하는 스타일의
영화만 보고 좋아하는 작가의 책만 사서 읽었다. '나는
원래 이래'라는 진부한 상자에 날 넣어두고, 다른 곳에는
눈도 돌리지 않았다.

변화하지 않는 건 안주한다는 것인지, 안주한다는 것이 평온하다는 것인지, 평온하다는 것이 마냥 좋은 건 아닌 것인지, 그때 나는 몰랐다.

그렇게 살면서 나는 여러 변화의 소용돌이를 피해 돌아 갔다. 무서운 걸 알면서도 섣불리 앞질러 가는 패기가 나에겐 없었다. 그 점이 내 인생에서 얼마나 많은 걸 놓치게 했는지, 이젠 세어보지 않아도 알겠지만.

그날은 시골에 다녀오던 길이었다. 서울역에 내리니 블록을 늘어놓은 도미노처럼 빼곡히 붙어 있는 건물들 사이로 하늘의 반이 가려졌고, 회색빛 하늘이 마치 나의 '폐'라도 되는 양 가려진 하늘에 숨이 조금씩 막혀왔다. 서울에 사는데도 이런 서울의 급격한 변화가 무서워 점점 구석으로 숨어들던 때였다.

빠르게 시선을 돌리려는데 어디선가 "쩍쩍" 소리가 흘러나왔다. 하늘과 끝을 나란히 하던 나무. 그 오래된 나무 위 새 둥지 안에서 새어나오는 갓 태어난 참새들의 배고프단 소리였다. '엄마는 언제 오려나' 걱정하며 주위를 두리번거리니 이번엔 작은 구둣방이 보였다. 그 나무 옆을 오랫동안 지킨 수호천사처럼 구둣방은 작지만 견고했다. 그 구둣방 안에는 한 여자가 있었는데 점심시간을 틈타 나온 듯 한쪽은 맨발로 까치발을 선 채 손목시계를 여러 번 들여다보았다. 저렇게 높고 뾰족한 구두를 신다니 분명 신입사원이 틀림없다. 그리고 순간 이 모든 조합이 평온하게 느껴졌다.

곧 쓰러질 듯 빼곡히 들어선 건물은 도미노가 아닌, 차곡차곡 모아둔 신문처럼 보였고 오래된 나무 위 갓 태어난 참새, 오래된 구둣방 안에 있던 신입사원은 왜 그런지 참 잘 어울렸다.

복잡한 화학기호들이 섞여 공기를 만드는 것처럼 오밀조밀 각자의 취향이 섞이고 오래된 관념과 새로운 생각, 문화가 모여 한곳의 기운이 된다는 것이 이 세상의 본질 같았다.

다시 고개를 들어 나무를 보니 나무 끝 구름 사이로 파란색 물감을 한 방울 떨어트린 듯 하늘이 파랗게 물들어가고 있었다. 완연한 가을이었다. 하늘도 이렇게 자신이 변화하는 존재라는 걸 표현하는데 지금껏 나는 왜 이토록 변화를 무서워하며 피했던 것일까.

그렇게 그날 나는 깨달았다. 변화가 무서워 나를 진부함 속에 가둬두었는데, 어쩌면 변화보다 위험한 건 진부함일지도 모른다는 사실을.

변화가 무섭다고 숨어버리기엔 변화는 미래보다
빨리 오고 과거에 가려져 있기엔 미래가
'이상형'에 가까울지도 모르는 일.

다섯,

진심의
데드라인

어려운 책을 읽으면 꼭 만화책이 보고 싶고, 다이어트로
고구마를 먹으면 저녁엔 꼭 라면이 당기고, 열심히 일했
으니 그 회사에 뼈를 묻어야 할지 모를 티켓을 끊어 휴가
를 떠나고……

친구에게 생일선물을 사주자마자 내 생일엔 무엇을 받을
지 고민하고, 애인에게 "사랑해"라고 말하자마자 동시에
돌려받길 기다리고, 엄마에게 80점 맞은 시험지를 자랑
스레 내밀며 그에 합당한 선물을 요구하고, 이런 모든 걸
우리는 '보상심리'라 부른다.

'보상심리'는 사전에조차 등재되어 있지 않을 정도로 기준이 광범위하고도 당연한 인간 심리 중 하나이기에 오히려 기재를 비판하는 쪽이 많다고…… 그래도 정리해보면 "내가 이만큼 했으니 그에 따른 보상을 줘"라고 하는 마음과 "나만 당하는 건 부당하니 너도 당해봐"라는 피해의식이 불러온 일종의 성격장애이다.

앞서 말했듯이 '보상심리'는 남에게는 물론 나에게도, 심지어 다이어트 중인 내 몸뚱이에도 나타난다. 다시 말해남의 감정은커녕 나조차도 내 감정을 컨트롤하지 못한다는 뜻이다. 그리고 현대인의 스트레스는 감정을 돌려받지 못하는 이때 나타난다.

"내가 이만큼 했으니 그에 따른 보상을 줘." "나만 당하는 건 부당하니 너도 당해봐." 사실 요즘은 이 마음을 넘어내가 한 것 이상을 바라며, 내가 당한 것보다 상대가 더크게 당하길 원하고 그것이 제대로 이루어지지 않았을 땐 감정의 뒤틀림이 난폭하게 나타난다. 뒤틀림은 언어로 시작되어 몸으로 방어하다 가끔은 이성을 잃기도 한다.

좋게 말한 이야기에 싸우자고 덤비다가 이웃끼리 칼부림을 하기도 하고, 이등병에게 겨우 일등병이 세상 편해졌다 말하며 군필자는 미필자에게 군부심을 드러낸다. 모두가 이런 건 없어져야 한다고 말하면서도 자기가 당한 것 역시 쉽게 지우지 못해 악습은 반복된다.

하지만 사회란 계속해 발전해나가는 전자제품 같은 것이기에, 내가 못해본 걸 남이 하게 될 수 있는 세상은 너무나 빠르게 오고, 내가 한 걸 다 돌려받기에 인간관계는 너무 치열하고 복잡하다.

그러니 일단 '보상심리'의 마음에서부터 멀어져야 한다. 가장 좋은 방법은 돌려받지 않아도 될 만큼만 베풀며 부당하게 느끼지 않을 정도만 선심을 쓰면 되지만, 물론 이것 역시 말처럼 쉬운 일이 아니라는 걸 안다.

그러니 더 빠른 방법은 먼저 자신의 마음속 '진심'을 찾는 것이다. 그리고 그 '진심'까지만 감정을 내뱉고 행동을 하면 되는 것이다. 진심이 부족하면 선의를 잃고, 진심을 넘어가면 오히려 가짜로 변질되니 무엇보다 마음속

진심의 데드라인을 정하는 것이 중요하다.

행동하기 전 우선 마음속에 '진심'의 데드라인을
물어보라. 마치 자로 잰 듯 정확히 알려줄 것이다.

여섯,

천사의 몫
Angel's Share

위스키의 성지라 불리는 영국 스코틀랜드. 그곳엔 가장 오래된 역사와 전통을 자랑하는 유명한 스카치위스키 회사가 있다. 그리고 거기에선 매년 천사의 몫^{Angel's Share}이라는 예쁜 이름의 현상이 발생한다고 한다.

이것은 발효 현상을 일컫는 말로, 오크통에서 매년 천사의 몫으로 위스키의 2%가 증발한다는 것. 예를 들어 20년 전에 만든 위스키가 담긴 오크통이 있다면 지금 그 안에서 처음 양의 40% 정도는 증발했다는 것이다. 20년 전부터 지금까지 누가 그 오크통을 열지도, 열고 위스키를 마시지도 않았는데 말이다.

사실 발효와 증발은 거의 모든 술의 생산 공법 중 하나지만 이 위스키 회사는 특별하게 이를 천사의 몫Angel's Share이라 부르며 그것이 그들을 행복하게 해주고 특별한 향과 이야기를 얻는 과정이라고 말한다. 그 말을 들으니 내 인생도 왠지 위스키가 담긴 오크통 같았다.

사람도 시간이 지나면 지날수록 많은 양의 감정 에너지가 증발한다. 매년 증발된 에너지로 영혼도 조금씩 소멸되니 가끔은 인생마저 무의미하다 생각했는데…….

오늘부터는 감정의 에너지가 증발되는 것이 아리라 천사의 몫으로 가는 거라고 생각하련다. 그렇게 나도 고유의 향과 이야기가 있는 어른이 되어보자 다짐한다.

그리고 이 기준으로 인간의 특별함 또한 결정되니 우리 모두 감정이 낭비된다고, 영혼이 무의미하게 흘러만 간다고 속상해하기보다는 매년 감정의 2%를 천사에게 나눠주고 그것이 나만의 향과 특별한 이야기를 만들어가는 과정이라 생각해보는 건 어떨까?

그럼 나이가 채워지는 것도, 타인에게 감정을 쓰는 것도,
어쩌면 무의미한 시간마저도 나의 특별한 이야기가 되어
주지 않을까?

우리의 영혼은 시간이 지날수록 낡고 닳는 것이 아니라
깊고 묵직해진다. 그리고 나만이 갖고 있는
특별한 영혼은 인생을 마법처럼 만든다.

일곱,

경험이란 마징가제트의
팔다리를 갖게 되는 것

원래 '인간 내비게이션'이라 스스로 자부할 만큼 길 찾기
에 상당한 재능이 있는 편인데 살면서 딱 한 번 길 위에
서 두려움에 떨었던 적이 있다.

그날도 혼자 도쿄 여행 중이었는데, 약속 장소를 지도 앱
에 검색해두고는 세상 신기한 것들에 눈이 팔려 이곳저
곳 기웃거리며 걷고 있었다.

한참을 지나 어디쯤 왔는지 살피려고 손안의 휴대폰
을 내려다보니 지도 위 화살표는 난감한 듯 머뭇거렸고
"어?" 하는 나의 다급함을 못 들은 채 이내 핸드폰 바탕
화면이 까매졌다. 동시에 내 머릿속도 까매지며 기다렸

다는 듯 하늘도 까매지더라. 이런 걸 머피의 법칙이라고
부르던가? 머피, 누군지 내 잡히기만 하면…….

순간 핸드폰이 꺼져 약속을 못 지킬까 하는 초조함보다
는 어둑어둑해진 하늘이 주는 공포감이 더 크게 뇌를 지
배했다. 자주 와보았던 도쿄인데도 실로 태어나서 처음
와본 미지의 세계인 것처럼 사방을 두리번거리며 무의식
중에 밝은 델 찾았다.

그렇게 몇 년 뒤. 또다시 도쿄.

한참 서점에 있다가 늦은 점심이나 먹으러 가볼까 싶어
가까운 시부야역을 지도 앱에 검색해두곤 두리번거리며
걷고 있는데 "어?" 하는 혼잣말과 함께 낯익은 길이 나타
났다. 조금 더 가면 있었던 빨간 불빛의 우동 가게가 떠오
르며 어둑해지던 그날의 하늘 또한 머릿속에 그려졌다.

맞다. 이 길은 바로 그때 내가 두려워했던 그 길. 얼굴에
슬며시 미소가 번졌다. 다들 모르고 있는 문제를 나 혼자
손 번쩍 들고 대답했다면 이런 기분일까? 그렇게 잃어버

렸던 길은 다시 아는 길이 되었고, 두려웠던 마음에 총명한 빛이 어렸다.

어쩌면 경험이란 이런 것이다.
두려움에 튼튼한 울타리를 쳐주는 것.

왜 사람들이 종종 말하지 않는가.
"한 번이 어렵지 그다음부턴……."

그런 게 어디 있어. 한 번도 어렵고 사실 두 번째도 어렵지. 세상에 한 번 했다고 다 잘한다면 마징가제트가 되는 건 시간문제게?

경험이란 그냥, 두 번째로 닥칠 두려움에 튼튼한 울타리를 쳐주는 것. 남들은 처음이라 두려운 길 위를 나 혼자 반듯한 코웃음은 칠 수 있는 그 정도 말이다.

여덟,

단점은 그냥
좀 모르는 척합시다

살면서 나는 나의 장점과 단점을 캐내려 하지 않았다. 이유는 간단하다. 단점은 알면 속 쓰릴 테니까. 장점은 사실 몇 번 찾아봤는데 뚜렷하게 안 보여서.

하지만 장점과 단점은 취미와 특기처럼 계속해 찾아내야 한다는 걸 직장을 옮길 때마다 알게 되었다.

자기소개서 — 650자 내외로 나에 대해 쓰시오 — 보다 어려운 취미와 특기란! 난 그곳을 채울 때 늘 더 오랜 시간을 고민했다. 취미와 특기는 결국 장점을 쓰라는 건데 취미는 조금 잘하는 걸 쓰고 특기는 취미보단 좀 더 잘하는 걸 쓰면 되는 것인가.

그런데 이런 나의 고민을 해결해준 건 처음 본 사람들이었다. 면접 보는 날. 면접관은 한 시간 가까이 이것저것 나에 대해 물어보았다. 오랜 시간 동안 나에게 이리도 궁금한 게 많다니 아마 내가 마음에 든 거겠지? 이런 허세 가득한 나에게 면접관이 건넨 마지막 질문.

"그럼 마지막으로 내가 당신을 뽑아야 하는 이유가 있을까요? 장점도 좋고요." (네? 지금까지 물어보신 거로는 부족한가요? 구구절절 과거의 잘한 일까지 다 말씀드렸잖아요.)
"저는 사람의 본심을 금방 파악합니다." (망했다. 무슨 소리야.)
"본심? 그럼 지금 나의 본심은 무엇인 것 같나요?"
"아마도 저를 뽑고 싶으신 것 같습니다." (입 다물어. 장혜현)

한 시간 동안의 면접이 망함으로 끝났구나 생각이 들 때쯤, 의외로 면접관님(갑자기 극존칭)은 손뼉을 치며 말을 이으셨다.

"오 훌륭한 장점이네요."

그 뒤로 사람을 빨리 파악한다는 건 나의 장점이 되었다.

독서모임 날. 첫 번째 책을 내고 한 서점에서 준비해준 독서모임에 참석한 적이 있다. 되도록 멋진 말을 준비하였지만 난 원래 닥치면 긴장해서 말을 잘 못한다. 준비해 온 말들이 기억나지 않아 마치 고음이 안 되는 가수처럼 마이크를 독자분들께 넘겼다.

"질문을 받겠습니다. 질문해주세요." (제발요.)
"작가님은 왜 작가가 되어야지 생각하셨어요? 글 쓰는 게 평소에 취미셨어요?"

사실 그때까지 한 번도 왜 작가가 되어야겠다고 마음먹었는지 생각해본 적이 없었다. 단순히 '하고 싶으니까'인 줄 알았는데 순간적 질문에 떠오른 건 내 앞에 있는 사람들 그리고 내 옆에 있던 사람들 때문이 아니었나 하는 생각. 내가 글을 쓸 때마다 항상 누군가는 내 옆에 있었다. 그리고 그들은 내가 쓴 글에 공감하며 날 칭찬해주었다. 나는 그 칭찬이 계속 받고 싶어 더 열심히 글을 써왔고 그러다 보니 그게 내 취미활동이 되었다.

"이 일이 태어나서 유일하게 칭찬받은 일이어서요."

그 뒤로 '글쓰기'는 내 자기소개서 한 칸을 차지하는 취미이자 특기가 되었고 '사람 금방 파악하기'는 내 장점이 되었다.

아! 그리고 단점. 역시 단점은 생각하지 않으련다. 생각하면 우르르 쏟아져 겨우 찾은 장점마저 묻어버릴지 모르니 아무래도 단점은 그냥 좀 모르는 척해도 되는 것?

정리해보면
장점은 급할 때 나오는 것.
취미는 칭찬의 양으로 정해도 되는 것.
단점은…… 그냥 좀 모르는 척합시다!

아홉,

이 구역의
미친 자

알버트 아인슈타인은 이런 말을 했다. '우리 모두는 초대
장 없이, 비자발적으로 지구에 온 방문객이다.'

이 문장에서 몇 가지 집고 넘어가야 할 것들이 있다. 첫
째, 비자발적으로 왔다는 건 우리의 의지나 능력이 아니
었다는 얘기인데, 그럼 우린 누구의 힘으로 하필 이런 헬
조선에 던져진 것이란 말인가.

둘째, 초대장도 없이 왔다는 건 초대장 없이 갈 수도 있
다는 얘기인데, 아니 그럼 집에 돌아갈 차비와 약도 정도
는 챙겨서 보냈어야 하는 게 아닌가.

그리고 셋째, 방문객이면 손님인데 이놈의 지구는 손님 접대를 뭐 이리 매몰차고 야박하게 한단 말인가.

날 이런 곳에 던져버린 무자비한 외계인 놈들을 잡으러 가야 하는데, 아까 말했듯이 돌아갈 차비도 약도도 아무것도 없으니, 퍽 난감하구나.

드디어 미친 것 같다. 오늘은 억울함과 분노로 심보마저 배배 꼬여버렸다. 괜히 죄 없는 아인슈타인 할아버지까지 끌어들인 걸 보면.

그런 날이 있다.
뭘 해도 안 되는 날
뭘 해도 재수 옴 붙은 날
어제 모기 물린 데 오늘 또 물린 것 같은 그런 날.

정말이지 그런 날은 이 지구에서 방을 빼고 싶은 기분이다.

하지만 어쩌겠는가? 우주에선 여전히 날 부르지 않으니 이 지구에서 끼어 살 방법을 하루빨리 터득하는 수밖에.

이런 날 지구인들에게 배운 팁이라면…….

현실도피의 차선책인 드라마에 몰입하며 지구 남자에게 흥을 좀 보태보든가, 지구 친구에게 전화해 각자 다른 주제로 시시콜콜 수다를 떨어본다든가, 그것도 아님 맥주 한 캔 원샷하고 발 닦고 잠이나 자는 것.

오히려 지금 나처럼 이 구역의 미친 자로 나서 외계인을 비난하며 지구를 불태울 기세로 헛소리를 지껄여보는 것도 꽤 나쁘지 않다.

살아보니 지구의 삶에는 꼭 필요한 정신이 있다. 바로 '에라 모르겠다' 정신. 가끔은 좀 미쳐서 살 필요가 있다. 마치 어딘가 돌아갈 곳이 있는 것처럼.

그리고 그렇게 살다가 어느 날 우주로 돌아갈 날이 왔을 땐 외계인에게 안 가겠다며 떼쓰지 않기를.
이제 와 떠나기 아쉽다며 뒤돌아보지 않기를.

열,

마지막
승부

어른이란 아이라는 반죽에 사춘기라는 시럽을 발라
직장이란 틀에 구워진 쿠키 같은 존재이다.
이제 당신에게 남은 건 '데코'라는 과정뿐.

사랑을 슈거파우더처럼 뿌려도 되고
욕심을 초코칩처럼 처박아도 되고
심플한 모습에 만족해도 된다.

남은 게 겨우 이것뿐이냐며 억울해하지 말아라.
저기 저 아이는 비가 오나 눈이 오나 자기를
더 어여쁘게 만들기 위해 애쓰고 있으니
우린 그 고단한 단계는 지나지 않았는가.

그러나 조심하라!
이 마지막 '데코'가 당신의 최종 맛을 결정할 것이니.

당신 손에 쥐여진 마지막 한 조각은 무엇인가요?
아직 우리에겐 마지막 승부가 남았어요.

행복을 갖는 과정,

그렇게 '어른'이 되어가는 여정

속도를 줄이고 인생을 즐겨라.
너무 빨리 가다 보면 놓치는 것은 주위 경관뿐이 아니다.
어디로 가는지도 모르게 된다.

_에디 캔터

하나,

빠른
어른

어른이 되고, 아니 누군가에 의해 어른이라 불리게 된
이후로 마치 홍수가 난 것처럼 많은 것들이
내 안에 몰아치듯 들어왔다.
결정은 강요되었고, 느린 건 비웃음을 당했으며,
타협은 무조건 빠를수록 좋았다.

아직 아무것도 결정하지 못했는데 그런 나를 저기선
흉봤고 여기선 누군가 정돈된 자기 자리를 보여주며
어질러져 있는 내 앞을 지적했다.
준비된 변명조차 없던 나는
이런 몰아치는 모든 것들에 늘 아등바등했다.

왜 쟤들은 모든 걸 세 배 속으로 하는 걸까?
맙소사, 그들 몸에는 빨리 감기 기능이라도 있는 걸까?

나만 없어 그 기능.

비교는 항상 그렇듯 나의 부족함을 보여주고
날 탓하게 하며 결국엔 나를 미워하게 된다.

느린 내가 싫어.

그들처럼 모든 걸 빠르게 하는 어른이 된다면,
내 뒤에 있는 누군가는 나처럼 슬플까?
아니면 그들도 나처럼 날 배우려 들까.

이렇게 속도를 높여 올라간다면,
저기 어디쯤 내 자리도 있을까?
나도 누군가 부러워할 위인이 될 수 있을까?
그럼 위인은 좋은 어른인가,
나는 좋은 어른이 되고 싶은데…….

이 바보 같은 질문들을 반복하는 사이
어? 쟤는 또 한 단계 올라갔네.

안 되겠다.
아무도 없는 곳에서 낮잠이나 자야겠어.

둘,

느린
어른

좋아. 일단 내 시계부터 멈춰야지.
내 꿈은 좋은 어른이 되는 것이지
좋은 위인으로 초고속 승진을 하는 것은 아니니까.
그런데 잠깐, 멈춘 시계도 바늘이 돌아가네.

멈춘 시곗바늘이 내는 규칙적인 소리가 싫다는 양들을
억지로 불러 모으는 것보다 훨씬 효과적인 자장가가
되어준다는 것. 멈춰버린 것도 쓸모가 있다는 건
느린 나에게 무척 큰 위로였다.

멈춰 서 올려다본 하늘에선 해는 매일 아침 다른 온도로
기운을 주고 달은 매일 밤 다른 얼굴로 위로해준다는

신기한 것과 멈춰 서 내려다본 땅에선
'개미집이 생각보다 견고하네.'란 쓸데없는 것도
알려주었다.

멈추니까 안 보이던 것들이 보였다.
지나쳐가는 것들이 내는 소리의 화음이 들렸고,
느끼지 못했던 것들이 모여 마음 한곳에 자리를 잡는다.

나는 어른은 늘 무언가를 빨리 해야만 하는 줄 알았다.
이제 보니 어른은 멈출 때를 알아야 하는 건가 보다.

어른은 더 큰 것을 바라보고,
더 큰 것과 마주해야 하는 줄 알았다.
그런데 진짜 어른은 작은 것이 내는 소리를
기억할 줄 아는 것이었다.

멈춤을 결정하는 건, 어쩌면 시작을 결정할 때보다
더 불안하고 걱정될지 모른다. 멈춰 있는 나 자신을
안절부절 할 수도. 그런데 이것 하나는 확실하다.

지금보다 더 많은 것이 보이고, 들리고,
느껴질 수 있을 것이다.
그리고 그것들은 분명 좋은 어른이 되는 데
튼튼한 영양분이 되어줄 것이다.

그러니 우리, 내가 재보다 느린 것 같을 때
그냥 눈 딱 감고 미친 척 멈춰보자.

셋,

평범한 어른들이
사는 세상

사람 마음에는 각자의 저울이 존재하는데
저울 축의 시작점에 따라 사람과 사람 사이에
오차가 발생한다.

그 오차가 작을수록 누군가와는 친한 사이가 되고
오차의 간격이 넓어 관계에 틈이 생기면
누군가와 멀어지는 계기가 되기도 한다.

처음의 저울은 순수함을 기준으로 만들어졌기에
나잇값 증가에 따라 중심에 있던 축이 불안정하게 흔들려
가끔 기준 밖을 벗어나버릴 때도 있다.

그렇게 순수함을 벗어난 화살표는 호기심 가득한
야만적 쪽으로 다가가고 야만적에 가까이 간 화살표는
그 곁에 있던 우아함을 부러워하니

결국 무례하고 못된 생각을 고상하고 깊이 있다
생각하는 어른이 된 순간 당신은 나도 아닌
타인도 아닌 이 세상과 틈이 생겨버릴 수 있다.

어쩌면 당신과 이 지구와의 오차가 너무 커
우주 밖에 덩그러니 혼자만 남아버릴지도.

그러니 우리 노력하자.
나의 화살표가 순수함을 벗어나지 않기를.
기준치에 있는 평범한 자신을 사랑해주기를.
남들과 오차를 벌리려 노력하지 않기를.
그렇게 이 세상에 나 혼자 남아버리지 않기를.

맞아. 넌 평범해서 예뻐.
맞아. 넌 평범해서 더 특별해.

넷,

행복은 결혼 순이
아니잖아요

올해 나이 서른. 한국이 정한 결혼 적령기의 시작점이다.

요즘 매일 보는 사람부터 오랜만에 보는 사람에 이르기
까지 모두 같은 말로 사람 속을 뒤집는다. 당신들이 지금
하는 말이 우울증을 유발하는 질문 탑5에 들었다는 건
알까. 내가 당신들 말에 '급성 우울증'이 걸리면 책임질
수 있느냐는 말이다. 아무튼 명절이 두려워지는 며느리
마음까지도 알 것 같은 요즘이다.

가끔 보는 사람들이야 "언젠간 하겠죠."라 말하며 흐물흐
물한 웃음으로 넘기면 되겠지만 매일 보는 엄마에게 듣
는 말은 좀처럼 흐물흐물하게 넘어가지지 않는다.

"저런 사람 만날 거면 결혼 절대 하지 마. 넌 서른 넘어야 복이 들어온다더라."와 "아무개는 결혼해서 벌써 집도 사고 애까지 낳았다는데 넌 언제 해서 언제 애 키울래?"를 어떻게 50:50의 비중으로 섞어 말할 수 있는 것인지. 결혼을 하라는 건지 말라는 건지.

그렇다고 어떤 쪽이 덜 스트레스를 받는 것도 아니다. 둘 다 똑같이 들으면 기분 상하고 스트레스 지수가 만렙으로 치솟으며 온몸이 고슴도치처럼 뾰족해진다. '고슴도치도 자기 새끼는 예쁘다더라'는 말은 아마 자식이 말 못하는 아기였을 때까지일 것이다. 무한히 예뻐하던 그 아기가 커서 이렇게 막 뾰족하게 대들 거라는 걸 알았다면, 고슴도치 엄마는 절대 그런 말을 속담으로 남기지 않았을 것이다.

"엄마. 그래서 걔 행복하대?"
"모르지."
"봐봐 모르잖아. 걔가 남편이 생겨서, 걔가 아이를 낳아서, 걔가 은행을 집주인으로 둬서 지금 행복한지 어떤지 엄마 모르잖아. 그러니 난 좀 더 일인칭 행복을 즐길게."

이런 뾰족한 기세는 다 어디 갔는지 며칠 뒤 나는 한 결혼정보 회사에 가입하였다. 친한 친구 두 명이 3개월 사이로 결혼한 것이 화근이었다.

난 거금의 대가로 열 번 정도 소개팅을 빙자한 맞선을 보았다. (소개팅과 맞선의 차이를 설명하라면 잘 모르겠지만) 열 번 중 한 번쯤 괜찮은 분(대화가 잘 통하고 외모는 '상남자'에 나와 생각이 잘 맞는)이 나왔다면 내가 지금 이 글을 쓰고 있지 않을지도 모르겠지만 아무튼 난 열 번의 맞선에 실패했고 그때 든 생각은 이거 하나였다.

행복은 결혼 순이 아니잖아?

결혼이 나에게 행운을 가져다주는 파랑새가 아닌데 왜 난 결혼을 하면 행복을 가질 수 있을 거라 생각했을까? 그래, 알고 보면 행복의 조건을 남과 비교한 게 나였다.

'나이 때에 맞는 순서가 있으니 그 순서를 지키지 못할까, 남들에게 뒤처지지 않을까. 그래서 혹 나에게 행복이 오지 않으면 어쩌지.' 이런 생각을 주입시킨 게 나였다.

물론 지금도 나이 서른에 행복의 순서는 '결혼'이 아닐까 생각을 안 하는 것도 아니다. 하지만 이제 와보니 행복은 선착순이 아니다. 행복은 나 스스로 예약하는 것이다.

행복은 빨리 간다고 먼저 가질 수 있는 것도 아니고, 느리게 간다고 남이 다 채가는 것도 아니고, 행복은 그저 나 스스로 만들어가는 것이다.

알았지, 장혜현? (우선 나에게 먼저 주입시키는 중.)

그렇게 찾은 행복으로 누군가의 아픔까지 보듬을 수 있다면 그건 행복 이상의 행복.

다섯,

비화

1) 소개팅 편

"쉬는 날인데 뭐 하세요?"

"아, 미뤄놨던 일들을 해결하고 있습니다."

"오! 설마 '내일 할 일을 굳이 오늘 하지는 말자'를 멘토로 삼고 계시나요?"

"아니요. 저는 '내일 일은 내일 하자. 오늘 일도 내일 하자'는 멘토로 살고 있습니다."

"왠지 고급진데, 가져다 써도 될까요?"

"네 그럼요. 맘껏 쓰시지요."

"그거 콘셉트예요?"

"네?"

"그 책이요. 소개팅에 책만 들고 오셨길래."

"아 네. 어떻게 좀 먹혔나요?"

"타이트한 스커트나 기술적인 화장으로 어필하는 분은 봤어도 책 한 권으로 어필하시는 분은 처음이네요. 네! 무척 마음에 듭니다."

"저도 그런데. 그럼 우리 사귈래요?"

2) 면접 편

"한 번에 붙고 싶다. 제발."

"붙을 거야. 너의 열정을 하느님은 알아봐주실 거니까."

"갑자기 웬 하느님? 너 종교 없잖아. 교회 싫어하잖아."

"아니 뭐 꼭 하느님만 하늘에 사시는 건 아닐 거 아냐. 하늘에는 여러 신이 계실 테니까."

"이번이 진짜 마지막 지원이야."

"왜 진짜 마지막이야?"

"이번이 진짜 마지막이라고 엄마한테 말했어."

"그럼 다음엔 진짜 진짜 마지막이라고 해. 진짜 진짜 진
짜도 있고, 지인~~~~짜 마지막도 있는데."
"그렇지? 그럼 떨어지면 진짜 진짜 마지막으로 다시 도
전해야지."

3) 친구 편

"난 소심할 때도 있고 병맛 같을 때도 있는데, 이런 규정
짓지 못하는 성격을 가진 나도 누군가 좋아해줄까?"
"그럼. 너의 병맛 같은 성격만큼 어른들한테 잘하는 너도
알아줄 거고, 간도 작지만 위도 작고 오장육부도 작아 다
행이라 생각하는 남자를 꼭 만날 거야."
"그럼 그 남자 공유같이 생겼을까?"
"친구야. 넌 욕심이 많아서 평생 혼자 살겠다."

"나쁜 사람이 되기 싫어서 구구절절 해명하며 좋은 사람
이 되려고 했나 봐. 상처받을까 봐 미리 철벽 치고, 철벽
쳐놓고 뒤늦게 뒷북까지 치고."

"그렇게 노력해서 지금 그 사람들, 네 옆에 있어? 없잖아. 네가 진심을 다 꺼내놓으면 굳이 좋은 사람으로 노력하지 않아도 사람들은 다 알아줘. 지금 네 옆에 있는 사람들이 그 결과물이고."

비화들이 모여 하루가 완성된다.
하루가 모여 인생의 역사책이 쓰여진다.
그 역사의 절반엔 사람들이 지나가고,
그 절반의 절반엔 소중한 사람이 만들어진다.

여섯,

충고의
또 다른 이면

충고와 조언을 다 받아들이며 살자니
'내가 살고 있는 방식에 그리 문제가 많나?'
하는 의구심과 반항심이 따라왔다.
어렸을 적 치기 어린 마음엔 모두 그랬다.

하지만 살다 보니 충고와 조언을 받는 입장보다
충고와 조언을 요구받는 상황에 더 자주 처하게 되었다.

입장이 바뀌어보니 충고는 낱말 뜻 그대로
타이름이 아니라는 걸,
결국엔 애정이라는 걸 알게 되었다.

내가 해봤더니 안 좋은 점을 애정 어린 사람에게
미리 알려주는 것.
너는 그렇게 되지 않았으면 하는 안타까움을 전달하는 것.
그렇게 현재의 위태로운 너를 안내하는 것.

충고는 위로의 또 다른 말이 된다는 걸.

그러니 자신의 상황이 위태롭거든
애정 어린 사람에게 가서 충고를 구하자.

일곱,

빨리 가는 것보단
같이 가는 것

열심히 걷는 네가 부러워.
옆에서 열심히 뛰고 있는 나인데도 그런 네가
너무 부러워서 한 템포 쉬어가기로 결정한다.

착하게 한 발짝씩 순수하게 걷고 있는 너를
바라보는 것조차 따뜻해져 잠시 숨 고르듯 너를 기다린다.

출발선은 달랐지만 어느 순간은 동일선에서
만나길 바라며.

여덟,

걱정
과소비

옛말에 '걱정을 사서 한다'는 말이 있는데
그 말은 우리 엄마에게 참 잘 어울리는 맞춤 옷 같다.

엄마는 과대 걱정을 하는 사람이다.
운전할 땐 절대 누가 뭐래도 정확히 규정 속도를
유지한다든지, 혹시 사고가 날지 모르니.
텔레비전 프로그램 〈비타민〉이 마치 본인의 주치의라도
되는 양 거기서 좋다는 건 일단 다 구매한다든지,
혹시 그 병에 걸릴지 모르니.

그렇게 엄마는 걱정을 미리 구매했다.
혹시 아프지 않을까, 혹시 사고가 나지 않을까,

혹시 혹시 혹시.

난 그 점이 안타까웠다.
엄마가 걱정 강박증에서 벗어나길 바랐다.
본인의 많은 감정 중 왜 유독 '걱정'은 컨트롤하지
못하는지 도대체 어디서부터 잘못된 것일까?

사람은 행복해지고 싶으면서도 항상 걱정을
앞에 앉힌다. 걱정이 앞자리에 버티고 있는 한
사람은 절대 행복해질 수 없다.

왜냐하면 걱정은 체격이 크고 성질도 나쁜데 힘마저도
세기 때문이다. 그렇기에 걱정이 버티고 있으면
다른 생각들은 모두 걱정 앞에 들어가길 주저한다.

그러니 걱정을 충동구매하지 않기 위해선 우선
정리가 필요하다. 불필요한 근심, 걱정, 우울 등의
나쁜 먼지는 툴툴 털어 정리하고,
앞으로 필요한 생각의 순서를 정하며,
다 쓴 마음들은 제자리에 놓아둘 필요가 있다.

행복해지고 싶다면 우선 머릿속 정리정돈을 시작해보자.
그것이 바로 걱정의 과소비를 막고, 행복을 저축하는
방법일 테니.

아홉,

숨
쉴 곳

'하얗다' 믿고 있던 나의 감정의 앞면을
누군가 불쑥 다가와 검은색 뒷면으로 보여줄 때

사실 모르고 있던 부분이 아니니,
그 사람의 공격에 피할 방법이 없다.
화도 내지 못한다. 빠른 인정으로 비칠 수 있기에.

그런데 요즘은 아이러니하게도 그런 사람에게 종종
고마울 때가 있다.
나의 '검은색' 부분을 알아본 사람이 있다는 것.
나의 '실체'를 보여준 것만으로도 왠지
그 사람 앞에선 공기가 맑아진 것 같은 기분.

꽁꽁 숨기는 건 혼자 힘으로는 되지 않는다.
한 사람쯤은 내가 감추는 물건의 정체를 알고 있어야
가능한 일이다. 숨느라 헉헉대고 있을 나의 불안함도
숨 쉴 곳은 필요하니까.

사랑도 마찬가지 아닐까?
나의 선함보다 악한 모습에도,
믿음직스러운 모습보단 미덥지 못한 부분에도
유난히 내가 남들과 다르더라도,
유달리 내가 터무니없더라도
이런 나의, 그런 너의 불안함까지 이해하는 것.
당신의 불안함이 숨 쉴 곳이 나이기를.

내가 널 좋아하는 이유는
유난히 예뻐서도 아니고 유달리 착해서도 아니고
너의 불안함까지 나에게 들려주었기 때문이야.

열,

그렇다고
위로해

인생은 물론 사랑에도 계단이 존재한다.

첫 번째 계단은 조금 걷기 어려운 돌 지압 바닥이었다면,
두 번째 계단은 조금 수월해지긴 했어도 계단 끝에
망부석 전 여친이 기다릴 수 있고
세 번째 계단은 이젠 두 계단 정도 점프할 수 있는
기술을 가졌지만 그러다 다리를 삐끗할 수도 있다.

이렇게 사랑이란 늘 녹록지 않다.
위험한 계단 위에서 사랑을 나눈다는 것 자체가
모험이지 않은가.

하지만 여기서 중요한 건 우리가 계단에 올라와 있다는
것이다. 맨 마지막 계단엔 가장 좋은 사람이
기다리고 있지 않을까?란 희망을 품게 되었다는 것이다.
공유를 닮은 도깨비 같은 능력으로 나도
좋아하는 메밀꽃을 들고 있다면 완벽하겠지만.

혹 또 한 번 사랑의 저승사자를 만나 삐끗해
넘어지더라도 빠르게 훌훌 털고 일어날 정도로
우리는 단단해져 있을 것이다.

날이 좋아서, 날이 좋지 않아서,
날이 적당해서 너와 한 모든 날들이 좋았다는
이런 사기성 멘트에 또다시 속으며 우리는 사랑을 한다.

3

그래도 우린
언젠가 어른이 된다

:
:

가족을 떠나는 과정,
......

그렇게 '우리'를 알아가는 여정

당신 집안의 벽이 기쁨을 알기를.
모든 방이 웃음을 놓지 않고 모든 창문이 위대한 가능성에 열려 있기를.
_매리앤 랫마처 허쉬

하나,

이것 또한
수행의 길

_나고야행 비행기 안

엄마의 무거운 배낭까지 머리 위 선반에 꾹꾹 눌러 넣고
승무원 언니의 도움을 받아 선반을 닫고도 왠지 모를 불
안한 마음에 한 번 더 눌러 확인하고서야 나는 자리에 앉
았고, 앉음과 동시에 생각했던 말을 내뱉었다.

"엄마도 이제 혼자 사는 법을 배워야 해."
"맞아."

엄마는 언제 빼들었는지 앞자리 의자에 꽂혀 있던 면세
점 광고 책자를 뒤적거리며 시큰둥하게 대답했다.

"아니 들어 봐. 한 번이 어렵지 계속 혼자 하다 보면 오히려 둘인 게 더 거추장스러워진다니까."

"엄마 이제 혼자 밥 잘 먹어."

"아니 그런 말이…… 아니다, 계속 봐."

여행은 늘 혼자 떠나는 나인데 혼자 떠나려던 여행에 예상치 않은 복병이 생겼다. 나만큼도 무거운 것을 못 들고 나보다 까다로우며 나와는 다르게 부정적인 바로 우리 엄마. 무슨 연유에서인지 이번 여행만큼은 꼭 날 따라가겠다며 날 고행의 길로 안내했다.

혼자 가면 굳이 일찍 일어나지 않아도 되고 패스트푸드도 눈치 보지 않고 먹을 수 있으며, 지도에 유명 관광지를 체크해두고는 마치 커피 쿠폰 모으듯 발 도장을 찍어나가지 않아도 되는데, 왠지 양쪽 발목에 모래주머니 하나씩 찬 것 같은 나의 기분을 아는지 모르는지 비행기는 재빠르게 이륙했다.

엄마랑 둘이 처음 떠나는 여행. 같이 가보고도 싶었고 기회가 없었던 것도 아니지만 취향이 달랐던 우리는 고의

적으로 그 기회를 놓쳤다. 그런데 엄마에게 딱히 이렇다 할 취향이 있었던가? 딸 둘을 키우다 보니 있던 취향도 없어진 건지, 내가 엄마의 취향 따위는 애초부터 알려고 하지 않았던 것인지. 사실 엄마와 나는 서로의 취향을 알 만큼 친하지 않았다. 엄마와 딸 사이에 '친하다'는 단어 가 어울릴지 모르겠지만 그 말 외에는 딱히 우리 사이를 표현할 말이 없기에.

엄마는 1980년 5월 18일 광주 민주화 운동이 있기 하루 전 서울로 상경해 첫 직장에 출근했다고 한다. 당시 자취 방이었던 서울 상계동에서 인천 월미도에 있는 회사까지 수류탄 냄새로 가득한 지하철에 몸을 싣고도 설레는 마 음에 자꾸만 웃음이 나왔다고. 엄마는 첫 출근을 한 그날 부터 삼십 년 넘게 같은 곳으로 출근을 하신다. 물론 현 재도. 성실함을 재능이라 여기시는 분이다.

그렇게 엄마는 내가 태어나기 전부터 직장이란 테두리 안 에 있었고 내가 태어나 말을 하기 시작할 때도 말을 채 듣 지 못하고 아침이면 그 테두리 안으로 돌아가야 했으며 성실하지 못한 남편을 둔 탓에 나와 내 동생이 자라면서 보여준 중요한 순간들을 자주 놓쳐버렸다. 그렇게 난 엄마와 중요한 순간을 공유하지 못하며 어른이 되어갔다.

본디 이야기란 쌓여가며 구색을 맞추기 마련이고, 습관이란 보통 반복의 미덕을 갖추고 있으며, 타이밍에 따라 동작의 감칠맛 또한 달라지는데 나는 엄마와 쌓을 이야기도 습관적인 수다도 말해야 할 타이밍도 맞추지 못해 점점 엄마와의 대화가 줄었고, 가끔 하는 대화에서조차 내가 아닌 친구들 혹은 직장동료 또는 텔레비전 속 모르는 타인들이 고맙게도 우리의 화자가 되어주었다. 이렇듯 언제나 엄마와 대화를 하려면 곁에 있는 것이 아닌 먼 곳에서 무언가를 찾아와야 했다.

이랬던 내가 요 근래 부쩍 말수가 많아지며 엄마와 여행까지 오게 된 계기는 내 친한 친구 때문이다. 그 친구는 현재 미군인 남편을 만나 함께 미국에서 살고 있는데, 첫 만남에서부터 혼인신고까지 정확히 십오일이 걸렸다. 그당시 여행 중이었던 난 그분의 얼굴도 보지 못하고 전화로 혼인 증인을 서줬으며 그 둘은 삼 년이 지난 지금도 내가 알고 있는 유일무이한 잉꼬부부다.

이쯤 돼서 나는 궁금해졌다. 친구인 나도 이해 못하는 그 초스피드 결혼에 친구의 부모님은 어떤 마음으로 허락하실 수 있었던 것인지. 그 친구는 나에게 한 가지 팁을 주며 궁금증을 해소해주었다.

"그냥 계속 말했지. 그의 좋은 점이든, 나쁜 점이든, 함께 하고 싶은 이유든, 뭐든 다."

그 말이 처음엔 충격이었다. 결혼이라는 게 인류지대사인데 고작 말 몇 마디 가지고 모든 난관으로부터 벗어날 수 있다고? 하지만 한 번쯤 해볼 필요가 있겠다는 생각도 들었다. 나도 언젠가 결혼을 할 거고, 결혼을 하려면 승낙도 받아야 하고, 아니 뭐 꼭 그게 목적은 아니지만 어쨌든 나는 지금 엄마와 대화가 필요하다.

대화를 하다 보면 자연스레 엄마의 취향도 알 수 있겠지. 그리고 엄마의 취향을 아는 것이 이 여행으로부터 안전해질 수 있는 길이다. 그래, 이왕 이렇게 된 거 이번 여행은 엄마의 취향이 무엇인지 알 수 있기 바라며 모래주머니 안으로 소망 하나를 더 담아본다.

나처럼 격동의 소녀 시절을 보낸 그녀도
사랑의 흐름에 흔들리던 그녀도
누구보다 독특하고 유별난 취향이 있었을 텐데.
오늘은 엄마의 유별난 취향을 찾아,
취향 저격 선물을 해보는 건 어떨까?

둘,

빈티지
슬픔

이곳에서도 엄마는 정리정돈을 잊지 않았다. 도시락 그
릇은 꼭 씻어서 버린다든가 침대 위에서 몸만 쏙 빠져나
오는 나와는 다르게 곧 떠날 방의 이불을 정돈한다든가
하는 식으로 평소의 습관을 드러냈다.

오래전부터 엄마는 집 안 곳곳을 깨끗하게 정돈했다. 액
자는 항상 반듯하게, 화분 개수는 남의 집과 동일하게,
창문은 먼지 없이 투명하게. 멀리서 보아도 빛날 것 같은
완벽한 울타리로 보이길 원했다.

남의 집 화분은 우리 집처럼 많지 않고, 액자는 원래 잘
걸어두지 않으며, 가까이서 보지 않더라도 창문은 원래

다 뿌옇다는 걸 엄마가 아는지는 모르겠지만.

나도 처음에는 몰랐다. 그저 엄마의 유난이 남의 집 엄마들과는 조금 다르다는 정도? 그런 내가 나의 집과 남의 집은 단지 단어의 받침 하나 차이뿐이라는 걸 커가며 서서히 깨닫게 되었다.

그건 내 것을 내놓으면 남의 것도 알게 되는 꽤 단순한 이치였다. 동전을 넣고 오른쪽으로 돌리면 원하는 것이 나오던 문방구 앞 뽑기 기계처럼.

나의 불행을 넣으면 상대방은 늘 자신과의 불행에 크기를 재어보고는 자신의 것이 더 작다고 생각되었을 때 불행을 꺼내놨다. 물론 그 반대의 경우도 있었지만. 예전에 대학교 룸메이트는 자주 자신의 아버지 이야기를 하였다.

"우리 아빠는 누구야, 우리 아빠가 해줬어, 우리 아빠가, 아빠가……."

나 역시도 처음엔 몇 번 거짓말을 하였다.

"우리 아빠도 그래. 응, 맞아 우리 아빠도."

그러다 거짓말이 취향에 안 맞아 조금 지겨워졌을 때쯤. 불쑥 나의 어린 시절 이야기를 꺼내 친구를 놀래켰다.

"우리 아빠는 낚시를 엄청 좋아해. 너희 아빠는?"
"나 사실 아빠 없어. 어렸을 적에 돌아가셨어."

너무 불쑥 얘기를 꺼냈나 싶어 친구의 표정을 살피려 얼굴을 보니 그녀는 놀란 얼굴이 아니었다. 큰 눈동자를 위아래 좌우로 열심히 굴리며 마치 참치 경매장의 어부처럼 머릿속으로 자신의 불행과 무게를 비교해보고는 이내 선심 쓰듯 '엄마의 바람'에 대해 꺼내놔 오히려 나만 놀랐을 뿐이었다.

그와 같은 상황에서 인사실 과장님이 꺼내놓은 이야기는 거의 아침드라마급 호적관계였고, 오래 알고 지낸 후배에게선 대신 한 대 패주고 싶은 이복 아빠에 대한 이야기를 들을 수 있었다. 공통점은 나를 포함해서 그들 모두 자신의 이야기를 할 때는 별일 아니라는 듯한 말투로 교

체한다는 것. 아무튼 나는 그렇게 내 아픔을 이용하는 법
을 배워나갔다.

세상에 자기보다 더 큰 아픔이 있다는 걸 알면 그 순간
나의 아픔은 더 이상 꽁꽁 숨기지 않아도 되더라는 것.
세상에 자기보다 더 큰 슬픔이 있다는 걸 알면 그 순간
나의 불행이 되게 별것도 아닌 일처럼 느껴진다는 것.

엄마는 살면서 그 기회가 없었던 것일까? 아니면, 이미
다 커버린 슬픔이 무거워 꺼내기 두려운 것일까.

오늘은 내가 엄마의 아픔을 들어주어야겠다.
엄마의 오래된 슬픔을 꺼내주어야겠다.
더 이상 반듯하게 보이려 애쓰지 않아도 된다 말하며.

슬픔은 모든 사람에게 존재한다.
치사하게 이 점이 우리를 또한 살아가게 한다.

셋,

마지막
장면엔

나에겐 한 살 차이 나는 여동생이 있다.

한 살 차이에 그것도 여동생이라는 건 머리숱이 줄어들 수 있으며(주로 싸울 때 머리카락을 잡기에) 전자제품 몇 개 정도는 부서져도 이상할 게 없는 사이(주로 컴퓨터 마우스나 핸드폰이 던지기 편하다).

엄마는 날 가졌을 때와 동생을 가졌을 때 먹는 것, 생각하는 것, 보는 것, 어쩌면 입는 것까지도 모두 달랐음이 틀림없다. 그렇지 않고서야 한배에서 나왔는데 어떻게 이리 다를 수 있단 말인가.

동생이 언젠가 볼 수도 있으니 조금 순화해서 쓰자면 동생은 못됐다. 아주 못됐다.

정말 수도 없이 싸웠고 셀 수 없이 머리채를 잡았는데. 어느 순간 동생도 내 머리채를 잡기 시작하면서 몸싸움보다는 말싸움으로 바뀌었지만, 결국 내가 이길 수 없는 상대라고 깨달은 건 중학교 때쯤 집에서 같이 영화를 보던 날이었다.

나는 원래 프랑스 책이나 영화같이 이름이 길거나 철학적인 내용은 잘 안 보는데(주인공 이름이 길어서 보다 보면 사람이 계속 헷갈린다.) 그때 그 영화도 프랑스 영화로 잘 모르는 분야에 관한 이야기였다.

"소리 좀 키워봐."
"소리 키운다고 이해가 더 잘 되는 건 아니야."
"크헉(이건 속으로)!"

맞다. 어차피 프랑스 영화고 자막도 나오며 불어를 하나도 모르는 판국에 소리를 키운다고 내용이 더 잘 들리는 것도 아닌데. 정말 난 이해가 안 돼서 무의식적으로 소리라도 키워달라고 했던 것이다. 졌다.

또 고등학교 때 일이었던가. 어느 날 동생이 집에 음료수를 사갖고 왔다. 마침 목이 말랐던 차라 동생에게 손을 내밀고 애교 있게 "한입만" 하였다.

"맛없는데."
"그래도 한입만."
"자."
"어? 맛있는데?"
"응 맛있어. 맛있다 말하고 주면 언니가 많이 먹을 것 같아서."
"크헉(물론 이것도 속으로)!"

젠장 또 졌다. 동생은 이미 내 머리 꼭대기 위에서 춤을 추고 있는 게 분명하다. 하지만 그렇게 말하면 체면이 서질 않으니 내가 언니니까 봐주는 거라고 생각만 해본다 (더욱 체면이 안 서는군).

동생은 어차피 이 책을 안 볼 테니까 대충 쓰자면 동생은
똑똑하다. 쬐끔 똑똑하다. 쬐끔.

이렇게 참 우리는 별일 아닌 일로 치고받고 싸우며 서로
의 잘못을 찾으려 투지를 불태웠었는데 요즘은 별일 아
닌 일로 싸움은커녕 대화를 나눌 일도 많이 없어졌다. 같
이 식탁에 앉아 밥을 먹은 지도 오래된 것 같고 그렇게
각자의 생활이 바쁘다 보니 퇴근하고 집에 와 씻고 나면
열한 시쯤. 하루가 한 시간도 채 남지 않은 그때도 우린
서로의 안부보단 강아지와 대화를 나누며 다음 날 출근
길 사투를 위해 잠자리에 든다.

물론 어린 시절로 돌아가 머리끄덩이를 잡고 싸우자는
건 아니지만 가끔은 별일 아닌 일로 싸우던 것도 그립고,
첫 번째 강아지를 다른 집으로 보내버린 엄마 아빠를 원
망하며 둘이 이불을 머리끝까지 덮고 펑펑 울던 그날도
그리우며, 서로가 잘못하면 바로 엄마에게 달려가 이르
던, 잘못을 눈감아주는 미덕조차 모르던 우리도 가끔은
보고 싶다.

그리고 그럴 때마다 또 한편으론 이런 생각이 든다. 점점 의지할 곳이 줄어드는 내 작은 세상에 동생을 떠올릴 때마다 내가 딛고 있는 땅이 옆으로 조금씩, 조금씩 넓어지는 기분.

지금은 세상에 널 양보하지만 언젠간 그 세상 속을
너와 나 둘만이 남아 끝을 향해 걸어가겠지?
그땐 우리 서로 외롭지 않게 두 손 꼭 잡고 있자.
어린 시절 이불 속에서 펑펑 울었던 그날처럼.

동생이 언젠가 이 책을 볼지도 모르니 이쯤에서 마무리하자면, 맞아, 방금 이 멘트 내가 봐도 오글거렸어. 인정!

넷,

고독을
풀어놓을 곳

몇 해 전 우연히 심리치료를 받은 적이 있다. 마음이 엉
망이 된 사람들이 주로 이곳을 찾는다며 심리치료사는
말했다. 원래 타로, 궁합, 미신 등 남이 해주는 말을 잘 믿
지 않는 편이지만 그 심리치료사가 친구란 핑계로 나의
거절을 거절했다.

치료는 주로 이런 식이었다.

"나무와 집과 사람을 차례로 그려보시오."

문제를 던지면 듣고 생각한 후 그림으로 그려내는 일종
의 미술치료인데 그렇게 몇 차례 문제, 그림 그리기, 질

문, 답변 순으로 반복되었고 그림 그릴 때는 아무 생각도 하지 말라는 조건이 붙었지만 "왜 이렇게 그렸죠?"라는 질문엔 모순되게 생각을 요구했다.

"나무와 집과 사람을 차례로 그려보시오."는 어렸을 적 기억의 형태를 보여주고 "집에서 밥을 먹을 때의 풍경을 그려보시오."는 현재 가족과의 관계를 나타난다나?

그리고 이 일련의 반복과정 중 나는 한 가지 사실을 깨달 았다. 내가 어렸을 적 기억이 많지 않다는 것. 기억이 사라졌다고 표현하는 게 맞을까.

내 옆 치료자는 너무도 선명히 어렸을 적 본인의 경험과 기억을 세심하게 꺼내놓는데 비해 나는 질문마다 기억을 더듬거렸고, 답을 찾아오는 데까지 오랜 시간을 필요로 했으며 어떤 건 대답조차 못한 질문도 있었다.

며칠 후 그 심리치료사 친구가 나를 부르더니 목소리 볼 륨을 낮춰 이야기했다. 친구와 나 단둘뿐인데. 그리고 그 내용은 예상과 같았다.

"잘은 모르겠지만…… 네가 어렸을 적 어떤 충격으로 그 전의 기억이 조금 사라진 것 같아. 그리고 그 충격이 가족 모두가 겪은 일이라면 너의 가족들도 비슷한 증상이 있지 않을까 싶어. 비슷하지 않다면 다른 모습으로라도. 동생이랑 어머니도 한번 모시고 와."

"야, 영업하지 마."

대꾸는 이렇게 했지만 왜 그런지 집으로 돌아오는 길 내내 앞에 있던 전봇대를 못 보고 머리를 박은 것마냥 아프고 멍했다. 정리해보면 나는 어떤 충격으로 망각이란 병을 앓게 되었고 그게 가족 모두가 겪은 일이 원인이라면 우리 가족, 즉 엄마와 동생에게도 이와 비슷한 증상이 있을 거라는 얘기. 관심도 없던 그들의 머릿속에 암보다 나쁜 정신적 질병이 있다고? (그런 말은 안 했어.)

사실 우리 가족은 서로가 굉장히 달랐다. 성격, 식성, 취향, 취미 등. 한집에 사는데도 그런 다르다는 이유로 각자의 고독을 인정케 하였다.

.

서로 취향이 다르니 휴가는 따로 가는 것.
서로 입맛이 다르니 외식이 줄어드는 것.
서로 생각이 다르니 대화를 줄여보는 것.

각자가 다르다고 치부해버렸지, 서로 다른 마음의 질병
이 있어서 계속해 혼자 있고 싶어 한다는 사실을 외면했
던 것이다.

그날 이후 나는 일부러라도 같이 있으려고 노력했다. 셋
의 첫 여행은 싸우느라 하루를 다 버렸다 치더라도 먹고
싶은 게 다 다를 땐 푸드코트로 가서 그렇게 가족이란 단
어가 분리되지 않게끔 노력했다. 물론 이 노력이 오랫동
안 각자 다르게 살아온 삶의 방식을 뚜렷하게 바꿔놓길
기대하는 건 아니다.

그저 각자의 고독을 보내고 온 후 돌아올 곳이 있다는 것,
그 돌아온 곳이 생각보다 따뜻하다는 것,
따뜻한 그곳에 고독을 풀어놓을 사람이 존재한다는 것,
그저 그 사실이 희미해지지 않기를 바랄 뿐.

당신은 절대 혼자가 아니다. 그 문 뒤에는,
그 어둠 뒤에는 노란 불빛과 따뜻한 음식과
미소 짓는 가족이 당신을 기다리고 있을 것이다.
그러니 내 안에서 나 혼자 살고 있다며
고독해하지 말아라.

다섯,

불량
추억

"내가 지하철에 동생 교복 놓고 내린 이야기했나?"
"응. 벌써 세 번째야."
"난 이상하게 지하철만 타면 그게 가장 먼저 생각나."

살면서 절대 잊지 못하는 쫀드기 같은 불량 추억 몇 개가
있다. 때는 바야흐로 십 년 전, 한 살 차이에 똑똑한 자매
님이 서울 모 대학에 수시면접을 보러 가던 길이었다.

그 당시 대학생이었던 나는 첫 번째 겨울방학을 맞았고
긴 방학을 침대와 사랑을 나누며 보내고 있는데 엄마가
불쑥 내 방에 들어와 내일 있을 자매님 수시 면접에 같이
가라고 통보했다. 나는 다 큰 애를 왜 내가 데려가느냐고

시큰둥하게 생각했지만 아래위로 훑어 올라오는 엄마의 시선을 피할 길이 없어 알겠다고 대답했다.

원래 '고3의 교복'이란 신입생의 풋풋함은 찾아볼 수 없이 짧은 볼레로*가 되어 있거나 꽉 끼는 팬티 같은 불편함을 주기에 다음 날, 자매님 교복 역시 종이가방에 담겨 집을 나왔고, 딱히 해줄게 없어 그거라도 들어주겠다며 나는 말했고, 그렇게 그 종이가방은 내 손에 들린 채 우리는 만원 지하철에 올라탔다.

애초부터 심약했던 그 종이가방은 많은 사람들 틈에 있으니 기가 죽었는지 흐물흐물 찢어질 것 같았고 나는 아까부터 그 점이 계속 신경 쓰여 주위를 두리번거리다 의자 위 빈 선반을 발견하고는 사람들 틈을 비집고 들어가 그곳에 올려두었다. 그제야 안도하고 두 손 가볍게 힘내라며 책을 보던 자매님 어깨를 툭툭 두드렸다.

*에스파냐풍으로 길이가 허리선보다 짧게 만들어진 윗옷.

그날 우리가 내려야 할 역은 무슨 행사가 있는지 다들 한꺼번에 내리려는 통에 나와 동생은 밀리듯 열차 밖으로 튀어나왔고 그런 채로 모 대학 출구를 찾아 걸어 나갔다. 그렇게 정문 앞에 도착해서도 지하철에 동생 교복을, 엄밀히 말하면 그 종이봉투를 놓고 내렸다는 사실을 까맣게 몰랐고, 내가 더 긴장했는지 두 손을 자꾸만 비비는 날 보며 동생은 물었다.

"언니, 내 교복은?"
"악!!!!!!"

비명으로 대답했다. 거의 울 것 같은 표정으로 미안해하는 나에게 동생은 오히려 괜찮다며 다독였다. 정말 살면서 그때만큼 동생을 사랑했던 적이 없다. 그렇게 그날 동생은 단정한 재킷 하나 없이 불단정해보이는 블라우스 하나만을 입은 채 면접을 보았다.

결론부터 이야기하면 자매님은 그 대학에 떨어졌다. 그 어마어마한 경쟁률을 뚫고 이제 마지막 남은 면접인데, 모두가 거의 합격했다 말한 그 면접에서 말이다.

떨어진 날. 나는 동생을 데리고 그 당시 비싸기로 유명한 식당에 데려가 맛있는 걸 사주었다. 그날 일을 엄마에게 말하지 않은 의리도 계산된 값이었다.

그리고 이 불량 추억은 유해했다. 동생과 싸울 때면 의리 없이 동생 편이 돼버려 더 쥐어박고 싶은 마음을 빼앗아 버린다. 이런 쫀드기 같은 놈.

아무튼 십 년도 더 된 일인데 나는 그 뒤로도 자주 지하 철에 물건을 두고 내렸지만 이상하게 지하철을 탈 때면 그날 일이 가장 먼저 떠오른다.

"그래도 한 번 더 들어봐. 나 진짜 그때 완전 심장이 손톱만 해졌다니까."
"그래. 그 말도 벌써 네 번째라고!!"

하지만 불량 추억은 맛있다.
이렇게 자꾸자꾸 꺼내서 이야기하고 싶어진다.

여섯,

오래된 것이
좋아

멀리 더 멀리, 걷고 또 걷고.

굳이 이렇게 멀리 온 건 고독보다는 피로감이 필요해서
였는지 모른다. 진득한 피로가 밀려와 불안한 생각을 모
두 잠식시키길 바랐는지도. 지금 내가 해발 2,450M '무로
도Murodo'에 올라와 있는 건 아마도 그 이유가 첫 번째였
을 것이다.

이 길의 첫 시작은 오래된 사진 한 장에서부터였다. 여름
에도 설벽이 존재하는 곳. 오래된 눈이 녹지 않고 쌓여 있
는 다테야마산 정상. 그 사진만 보아도 내가 있는 이곳과
는 아주 멀리 떨어져 있을 거란 생각이 들었다. 그리고 그

땐 그저 마음속에 '멀리 더 멀리' 오직 이 생각뿐이었다.

'무로도'는 일본 도야마 시내에서도 다섯 시간 정도를 이동해야 닿을 수 있기에 첫날 저녁을 도야마 시내에서 보냈다. 그리고 그곳엔 태어나서 처음 본 전차電車*가 있었다. 낡고 오래된 전차. 나는 그 오래된 전차에 신기함과 흥분을 감추지 못하고 목적지도 정하지 않은 채 그중 가장 낡아 보이는 — 왠지 처음은 노란색이었을 — 누런색 전차에 올라탔다. 이곳은 첫인상부터가 좋았다.

다음 날 '무로도'에 오르기 위해 새벽부터 서둘러야 했다. 인터넷 정보에 의하면 그곳을 다 보고 다시 내려오는 데 열두 시간 정도가 걸린다고. 전차, 기차, 버스, 케이블카 등 대여섯 가지 정도의 교통편을 이용해야 닿을 수 있는 나의 고지.

첫 번째 환승지인 다테야마 역을 향해 여섯 시쯤 기차에

---

*공중에 설치한 전선으로부터 전력을 공급받아 지상에 설치된 궤도 위를 다니는 차.

올랐다. 사십 분쯤 달렸을까? 기차가 갑자기 멈췄고 앞쪽에 있던 사람들은 입을 쩍— 벌리고는 동시에 분주해졌다. 알고 보니 산 깊숙이 들어가던 중 나무 하나가 전날 비바람에 못 이겨 기찻길 방향으로 꺾여 내려왔고 숙일 수도 넘을 수도 없는 애매한 위치에서 길을 막고 서 있었다.

기차는 이십 분 정도를 더 지체하다 두 정거장 뒤로 돌아왔고 그곳에서 또 삼십 분 정도를 기다리니 이웃마을에서 버스 한 대를 보내주었다. 그렇게 '무로도'를 향하는 내내 기차며 날씨 무엇 하나도 호락호락하게 넘어가주지 않았다.

드디어 도착. 마지막 버스에서 내리니 더욱이 그곳은 환영의 비까지 뿌려주었고, 우산 정도는 가볍게 날려버릴 시베리아스러운 바람도 축하를 거들었다. 나는 재빨리 막사에 들어가 대대적인 정비를 하였다. 이미 비에 다 젖은 가방에서 패딩과 장갑을 꺼내 단단히 입고 그 위에 우비 하나를 더 껴입은 뒤 정신을 가다듬고 다시 막사 밖으로 나왔다.

그렇게 힘겹게 만난 무로도. 눈앞의 광경에 난 어떤 항의도 나오지 않았다. 무릇 무릉도원이라 함은 이런 걸 두고하는 말일까? 신선들은 이런 멋진 곳에서 노는구나. 왠지그리스 로마 신들도 그리스에 안 살 것 같았다. 전부 이곳에 살 것만 같았다.

불안과 날 때려눕힐 것 같던 추위도 아무 문제가 되지 않았다. 그저 아무 말 없이 어떤 행동도 취하지 못한 채 그곳을 오래 멍하니 바라보았다.

그리고 뒤늦게 안 사실. 사진 속 설벽은 6월까지만 존재한다고. 사진에서 본 설벽도 꽃밭도 없었는데 난 이곳이 왜이토록 말 못하게 아름다운 것일까. 분명 이곳은 사계절내내 '장동건'처럼 잘생겼을 것이다. 잘생긴 것에 이성을잃은 탓인지, 이곳에 닿기까지 낡고 오래된 것들이 보여준고고함 때문인지, '무로도'는 내가 원하던 바로 그곳이었다. 그리고 그곳엔 오랜 시간 천천히 쌓아온 찬란한 무엇이 존재했다. 느낌에 그것은 웅장하지만 클래식한 피아노선율과 닮았다. 찬란한 선율에 내 오래된 고민과 상념, 불안과 외로움이 모두 씻겨 내려가는 듯하였다.

이제 보니 어쩌면 내가 피로보다 원했던 건 오래된 것이 주는 이런 이야기였는지도, 마치 할머니가 들려주는 옛날이야기처럼 그 속에 담긴 지혜를 원했던 것인지도 모르겠다.

오래된 것에는 불안함을 잠식시킬 힘이 존재한다. 쌓아둔 지혜가 발휘되기 때문이다. 그리고 그것은 내 상태가 어떤지 아랑곳없이 얼어 있던 마음을 천천히 녹여주는 햇빛 같은 존재가 되어줄 것이다.

일곱,

할머니가 만들어준
엄마와 나의 리즈시절

엄마도 모든 이의 부러움을 사는 리즈시절이 있었다고
한다. 엄마가 리즈시절의 뜻을 제대로 알고 있는지 확인
하려 언제였냐 물으니 바로 국민학교 때란다.

50년 전 버스도 지하철도 없던 옛날 시골마을에는 보통
십 리씩 걸어서 학교에 가는 친구들이 많았는데 학교가
많지 않던 시절이니 건넛마을 친구들까지도 한 학교로
모이는 건 어찌 보면 당연한 일이었다.

반면 엄마는 학교가 바로 집 앞에 있었다고 한다. 또한 엄
마 집은 학교 앞 유일한 정류장이자 슈퍼이자 문방구였
고, 그렇다 보니 남들은 비싸서 쳐다보지도 못하는 초코

파이도 가끔 먹어볼 수 있었다고, 그래서 당시 엄마는 매일 친구들의 부러움을 독차지했다며 지금도 가끔 외할머니 댁에 갈 때면 마을 초입부터 이 이야기를 꺼내곤 한다.

그렇게 외할머니 외할아버지는 엄마의 국민학교 시절부터 내가 초등학교 시절을 지나 서른이 넘는 성인이 될 때까지도 그 학교 앞에서 정류소를 겸한 슈퍼를 운영하셨다.

물론 엄마만큼 나에게도 이건 언제나 큰 자랑거리였다. 할머니 댁에 가면 늘 아이스크림이 큰 냉장고 안 가득 있고 과자도 맘껏 먹을 수 있으며 고사리손으로 손님에게 버스 티켓을 건네면 칭찬과 용돈은 덤으로 얻었으니, 정말 할머니 댁에 가는 건 무한히도 행복한 일이었다.

그렇게 나의 행복이자 엄마의 행복이었던 슈퍼를 오십 년 가까이 운영하시다 올해 가게를 처분하셨다. 주변에 큰 마트가 들어오고 곳곳에 젊은 사람이 운영하는 편의점이 생기면서 손님이 점점 끊기는 이유도 있었고, 이제 연세가 있으시다 보니 카드기와 정산 등에 조금씩 어려움이 있어 자식들과 몇 번의 실랑이 끝에 접게 된 것이다.

슈퍼를 운영해와 그런지 할아버지도 그렇지만 할머니는 더더욱 연세에 비해 유독 기억력이 좋으시다. 선물 받은 건 무엇이든 그걸 언제 누가 사줬는지 사돈의 팔촌까지 기억하고 계시고, 할머니의 고단한 시집살이 역시 언제나 틀이 딱 맞아떨어지는 각본을 갖고 계셨고, 자식들은 물론 손자 손녀의 생일까지도 기억해 놀라울 정도였다.

며칠 전 할머니 생신을 맞아 할머니가 좋아하시는 화장품을 사서 찾아뵈었다. 할머니가 해주시는 맛있는 음식을 먹으며 도란도란 이야기를 나누다가 서랍장 위에 못 보던 모자 하나가 있길래 여쭤보았다.

"할머니, 이 모자 되게 예쁘네요?"
"이거? 니가 사준 거잖어. 니 쓸래?"
"제가 사드렸다고요?"
"그 왜 접때 작년 생일인가 재작년 생일에 니가 사들고 왔잖어."
"아 맞다! 어쩐지 예쁘더라."

그 모자는 내가 사드린 게 아니었다. 안 그래도 "요즘 돌아서면 다 잊어부러 큰일이여."라는 말을 반복하시는 할머니. 그런 할머니께 할머니의 기억이 틀렸다고 차마 말할 수 없었다. 그리고 너무 충격적이었다. 내가 아는 할머니는 정말 기억력이 너무 좋아 무섭다 느낄 정도였는데 어쩌면 그동안 병아리 같은 자식들을 먹여 살리느라, 그런 이유로 애지중지 슈퍼 또한 지켜오느라 기억력을 모두 써버리신 건 아닌지. 자꾸 잊어버리는 일들을 지금까지 온 힘을 다해 붙잡고 계셨던 건 아닐까? 그럼 이제 병아리 같은 자식도, 지켜야 할 슈퍼도 없으니 맘 편히 기억을 놓으시면 어쩌지? 갑자기 마음이 다급해졌다.

"할머니, 매일 해오던 일이 없어져 적적하지 않아?"
"그치. 기분이 이상하재. 왜 그런지 새 한 마리 키우고 싶대. 그런데 할아버지가 싫어혀."

난 할아버지의 허락도 받지 않은 채 그길로 앵무새 두 마리를 분양받았다. 할머니 할아버지의 이름을 따 노란색 앵무새는 '순이', 파란색 앵무새는 '쫑이'라는 이름을 붙여 할머니 집에 놔드리고는 할머니와 같이 할아버지 양말을 잘라 새집을 만들고, 키우는 방법에 대해 말씀드렸다.

그리고 당부했다. 잊지 마시라고, 할머니가 키우고 지켜야 할 것이 또 새로 생겼다고, 그러니 지금처럼 반짝이는 눈으로 다시 다 기억해달라고 그날 나는 쉴 새 없이 쫑알거렸다.

할머니, 과자와 아이스크림이 가득하던 슈퍼도 행복이었지만 그 옆에서 넘어지지 않게 제 손을 잡아주고 계셨던 할머니의 따뜻한 손이 저에겐 더 큰 행복이었어요. 오래오래 건강하세요.

여덟,

내 꿈이 당신과 함께
걸어가고 있다는 걸

아빠의 산소는 우리가 사는 도시와는 멀리 떨어진 곳에
있었다.

산속 깊숙이. 두리번거리면 어느 한쪽에선 뛰어놀고 있
는 아기 고라니와도 눈이 마주칠 수 있는 그런 곳. 평화
롭지만 평화가 곧 쓸쓸함으로 부메랑이 되어 돌아올 깊
은 곳. 그리고 그 멀다는 이유가 자주 그곳을 찾지 않아
도 될 핑계가 되어주었다.

찾아가면 슬프니까. 울 테니까. 돌아올 때 아빠 혼자 그
곳에 두고 온다는 마음에 기분이 울적해질 테니까. 이런
저런 상황을 핑계로 들러붙으려는 슬픔을 떼어냈다.

그렇게 열다섯 소녀가 아빠를 잃은 후 서른 살 성인이 된 현재까지 아빠 산소에 가본 적은 손가락 하나도 다 접지 못할 정도다.

물론 살면서 어쩔 땐 너무 멀리 있어 속상할 때도 있었다. 남들처럼 도시 외곽 납골당에 자리 잡고 있었다면 자주 찾아가 이런저런 쓸데없는 이야기를 나눌 수 있었을 텐데, 칭찬이 없는 엄마에 대해 아빠와 핀잔하고 새로 생긴 남자친구에 대해 평가받고 그날 다 말해주지 못한 내 꿈에 대해서도 말해주었을 텐데.

"혜현이는 나중에 뭐가 되고 싶니?"

아빠가 돌아가시기 며칠 전, 열다섯 어린 딸에게 궁금했던, 한 남자의 마지막 유언이 되어버린 그 말. 그때 나는 아빠의 마음을 안정되게 해줄 꿈 하나가 떠오르지 않았다.

"뭐든 되겠죠."

아빠 옆에서 과자 한 움큼을 입에 넣으며 사춘기 소녀가 했던 그 말이 내 인생의 가장 후회될 말일 줄 알았다면, 그 많은 꿈들에 대해 다 한 번씩 되어보고 싶다며 종알종알 헛소리라도 들려주었을 텐데.

그땐 꿈이 많은 내가 창피했고, 곧 아빠를 잃게 될지 모른다는 사실이 불안했고, 이 방 안 가득 차지하고 있는 검은 모자의 눈들이 무서웠다.

"엄마, 나는 작가가 되고 싶어."

엄마가 좋아하는 복숭아 맥주에 포장해 온 어묵 국물을 마시며 나는 아빠한테 말하지 못했던 꿈을 엄마에게 대신 꺼내놓았다. 뭐가 되고 싶다는 말을 태어나서 처음으로 나에게가 아닌 다른 사람에게 해보니, 부끄러움도 조금 밀려와 얼굴이 빨개졌다. 괜스레 술이 독한 것 같다며 한마디 더 덧붙였다.

열다섯 소녀가 갖고 있던 수많은 꿈은 다 어디로 가버렸는지. 몇 개 남아 있지 않은 꿈의 조각들이 생각 안 깊숙이 숨어버렸고, 가끔은 현실의 바람 앞에 버티지 못하고 날아가기도 했으며, 어떤 조각은 형태만 다르게 계속하여 마음속에서 변형되었다.

카드캡터 체리처럼 명탐정 코난처럼 늘 터무니없는 것이 되고 싶었던 어린 날의 나. 책에 나오는 멋진 건축가가 되고 싶다가, 돈을 많이 벌 것 같으니 사장님이 되어야지 했다가, 또 어쩔 땐 텔레비전에 나오는 화려한 배우가 되고팠던…… 그렇게 나조차도 확신 없는 꿈들을 품고서 막막한 성인이 될 때까지 누군가에게 뭐가 되고 싶다는 말을 꺼내본 적이 없었다.

며칠 뒤, 사진과 글들을 정리하고 있는데 뜬금없는 문자 한 통이 들어왔다.

"갖고 싶은 책 한 권만 말해봐."

엄마였다. 응원한다는 말의 다른 표현이라는 걸 이젠 묻지 않아도 알 것 같았다. 생각해보니 엄마는 내가 터무니없는 꿈을 꾸던 어린 소녀 시절부터 계속해 꿈을 바꾸며

불완전한 성인이 될 때까지 늘 옆에서 묵묵히 나의 꿈을 응원해주고 있었다.

이제야 내 옆에 있는 엄마에게, 내 곁에 있을 아빠에게 열다섯 살 이후 말해보지 못한 내 꿈이 응원받는 기분이 들었다. 모두들 다 내 곁에 있다는 소중함을 꿈 풍선에 가득 불어 넣고는 얼른 엄마에게 답장을 보냈다.

"내 전부가 당신이라, 다행이에요. 당신의 전부가 될 수 있어 행복해요. 내 꿈이 당신과 같이 걸어간다는 걸 기억할게요. 태어나 이 세상을 볼 수 있게 해줘서 고마워요."

'꿈'이 혼자 걸어가고 있지 않다는 걸 기억하자.
주위를 둘러보면 분명 나를 응원하며 같이 걸어가는 이가 있을 것이다.

여행을 떠나는 과정,
.....
그렇게 '나'를 알아가는 여정

여행이란 삶에 관한 상념들에 계속해서 일어나는
깊고, 영구적인 변화이다.
_미리엄 비어드

하나,

혼자인 나로
그렇게 둘로

어렸을 적부터 서른 살이 되고 싶었다. 무작정 서른이 되면 어른이 되어 있을 거라 믿었다. 그런 신앙보다 높은 믿음을 갖고 서른을 맞이한 지금. 다시 오십을 기다려야 하나 생각이 드는 밤. 나는 지금 방콕 여행 중이다.

이번 여행지로 '방콕'을 택한 건 올해 현실과 마주한 첫 번째 타협이었다. 방콕이란 나라는 죽기 전 가보고 싶은 여행 리스트에도 없었고, 베를린이나 시카고처럼 이름만 들어도 설렐 만큼 이미지가 확실하지도 않았다. 그냥 어디론가 떠나고 싶은데, 가까운 일본은 가보았고 먼 유럽은 너무 비쌌고. 여행은 가고 싶은데 통장 잔고가 날 째려보고 있는 그때쯤 우연히 보게 된 항공사 최저가 광고.

늘 그렇듯 책 두 권과 작은 손 카메라 하나를 챙겨 들고 떠난 그곳.

방콕 수완나품 공항에 내리니 하늘 높이 매달려 있는 수천 개의 에어컨에서 뿜어내는 인공적인 공기가 몸을 휘감아 곧 추위로 느껴졌다. 예상과 다른 온도에 실제 밖의 날씨를 더욱 두렵게 만들었다.

주변에서는 자주 나에게 이런 질문을 한다.

_혼자 가는 거 안 심심해?
_심심해.

_혼자 가면 안 무서워?
_무섭지.

_그렇게 오래 가면 거기서 뭐 해?
_음…… 거의 가만히 있지?

혼자 가는 여행에 대해 혼자 가보지 않은 사람을 납득시

키기란 조금 어렵다. 그들의 예상과 꼭 맞게 심심하고, 무섭고, 뭘 해야 할지 모르겠다. 심심해서 자주 누군가를 참견하고, 무서워 며칠 밤을 불을 켜고 잠이 들 때도 있지만 그것들 모두 현실의 두려움에 비하면 견딜 만해서 그런 것 같기도 하고. 대신 그렇게 묻는 사람들에게 믿음직스럽고 결연한 표정으로 말해준다.

"꼭 언젠가 혼자 여행을 떠나봐. 그럼 너의 세상이 조금은 다른 색으로 보여."

그렇게 세상을 다른 색으로 보려 혼자 떠나온 방콕에서 세상은 '네 생각보다 예쁜 색은 아니야.'라고 알려주었다.

첫날은 모기들이 단체로 싸움을 걸어왔다. 치사하게 1:37 정도로. 유난히 모기들이 좋아하는 O형 여자인 나를 서로 차지하겠다며 그들은 밤낮 가리지 않고 내 귀 옆에서 난투극을 벌였고, 사흘쯤 지나서야 그들에게 항복하고는 슈퍼로 달려가 모기기피제로 무장했다. 그날부터 기피제는 배게 밑에서 나를 지켰다. 마치 호위무사처럼.

다음 날은 혼자 있는 나에게 햇빛이 관심을 보여왔다. 전화번호도 가르쳐주지 않았는데 말이다. 유난히 하얀 피부 덕분에 살짝 보인 관심에도 얼굴이 빨갛게 타올랐고 오랜만에 받아보는 애정공세의 부담감 때문인지 온몸이 울긋불긋 가렵기 시작했다. 결국 그들은 '햇빛 알레르기'라는 병명을 주고는 예상치 않은 돈을 가져갔다.

이상하다. 분명히 방콕은 생각만큼 덥지 않았는데, 어쩌면 한국의 여름이 이보다 더 더운 것 같다며 지구에게 조금 안쓰러운 기분도 들었는데 말이다. 그렇게 딱 다섯 날이 지나니 몹시 집으로 돌아가고 싶어졌다. 살면서 집에 가고 싶었던 여행지는 처음이었다.

멀리 떨어져 있는 한국을 향해 화를 낼 수 있는 사람을 찾았다. 이제 막 따뜻한 봄이 시작된 한국. 그 속에서 내 상황을 1도 이해할 리 없는 그들에게 온갖 상황을 징징거렸다. 이런 프로징징러.

그렇게 나를 힘들게 만든 시간 속에서 어느덧 서른 번째 생일을 맞이했다. 숙소에서 만들어준 예쁜 케이크 위의

촛불을 불며 올해도 역시나 같은 소원을 빌었다.

"올해는 조금 더 좋은 어른이 되게 해주세요."

다음 날, 간절한 소원은 열렬한 실천이 따라야 이루어질 수 있다 믿기에 첫 번째 좋은 어른 코스인 '사랑하기'를 시작했다. 그 첫 번째 대상자는 바로 모기와 햇빛.

우선 방 청소를 부탁하지 않았다. 방 청소 후에 생기는 모기 수십 마리를 모두 살벌하게 죽일 수 없으니. 또한 알레르기 약을 먹고 바르며 외출할 땐 선글라스와 모자도 잊지 않았다. 그렇게 숙소를 나와 아침마다 햇빛과 하이파이브를 하였다. "오늘 하루도 잘 부탁해."

얼마간의 시간이 지나니 집에 가고 싶던 마음도 자연스레 사라졌다. 이 어딘가 안 맞는 것 같은 방콕을 사랑한다 말할 수는 없지만 사랑하지 않아도 '후회하지 않도록' 이랄까? 웬지 조금 어른이 된 것도 같은 기분이다. 이런 마음이면 오십 살까지는 기다리지 않아도 되려나.

둘,

좋다고 말하면
자꾸 더 좋아지려는 습관

당신은 주변의 어떤 곳에
가장 많은 비용을 지불하시나요?

내가 아는 여자사람은 '향기'에 많은 비용을 지불한다.
그녀가 갖고 있는 비누, 향초, 향수, 디퓨저만으로도 가
게 하나쯤 너끈히 차릴 수 있을 정도다. 또 내가 아는 공
사다망한 남자사람은 '술값'에 많은 비용을 지불한다. 내
가 보기엔 꽤 많은 비용인데도 그는 그렇다고 그 돈을 아
까워하지 않는다. 오히려 다 같이 술독에 빠져 죽더라도
"다 같이니, 죽어도 좋다!"라나 뭐라나.

나는 아무래도 책에 많은 비용을 지불한다. 그런데 딱

'책이다!'라기보다는 책의 디자인에 비용을 지불한다고 느낄 때가 있는데, 베스트셀러도 아니고 좋아하는 작가도 아닌데 순전히 표지에 이끌려 책을 구입할 때가 그렇다.

같은 맥락으로 똑같은 물이지만 좀 더 예쁜 병에 들어 있음 사치란 걸 알면서도 사치를 하기도 하고, 평상시에 '이걸 쓸 수 있을까?' 싶은 쓸데없이 예쁘기만 한 모자나 인형, 심지어 제 기능을 못할 것 같은 노트와 볼펜에도 자주 지갑을 꺼낸다.

이렇게 오래전부터 쓸모 있는 것보다 쓸데없는 것들에게 더 관심을 기울이며 살았는데 이 습관은 지금껏 고쳐지지 않으며, 뭐 딱히 고치고 싶지 않은 습관이기도 하다. 그리고 이 습관은 방콕에서도 발휘되었다. The Jam Factory[더 잼 팩토리], Dasa Book Cafe[다사 북 카페] 이 두 서점에서.

태국어라고는 '안녕'도 모르는 나인데 왠지 두 서점의 책들은 지금 사지 않으면 언젠가 비행기를 타고 바다를 건

너 결국 다시 올 것 같았기에.

조금 부연 설명을 하자면 [잼 팩토리]와 [다사 북 카페]
는 가격 면에서도 분위기 면에서도 무척 다른데 [잼 팩
토리]는 유명 호텔 뒤 몇몇의 비싼 레스토랑 사이에 자
리 잡은 서점으로, 그래서인지 구하기 힘든 서적도 많고
가격은 조금 비싸지만 따뜻한 느낌의 일러스트북과 태국
특유의 컬러감이 돋보이는 포토북, 이름만 들어도 알 수
있는 베스트셀러의 태국판까지 모두 완벽하게 갖추고 있
었다.

물론 완벽은 좋음을 충족시킬 단어이긴 하지만 '딱 완벽
해서 좋았다'고 하기엔 언어적 아쉬움이 생길 만큼 다른
서점과 다른 미묘한 차이가 있었는데 이 글을 쓰며 생각
해보니, 왠지 그 서점을 둘러싸고 있던 식물들 때문인 것
같다. 서점에서 틀어놓은 음악 같지는 않았는데 어디선
가 계속해 경쾌한 음악이 흘러나왔고, 그 음악을 흡수한
식물들은 하나같이 아름다운 춤을 추며 자유를 만끽하고
있었다. 맞다. 그것 때문이었던 것 같다.

그날 그곳에서 저녁 먹을 돈까지 모두 책으로 바꾸고는 텅 빈 지갑으로 나오는데도 그렇게 행복할 수가 없었다. 좋아하는 물건을 사서인지, 그동안 아끼고 있던 돈을 펑펑 쓴 희열인지 조금 헷갈리긴 하지만 어찌 되었건 마음은 비슷하니.

그에 비해 중고서적 판매점인 [다사 북 카페]는 조금 난해한데 '여기서 장사가 되나?' 싶은 장소에 위치하고는 '도무지 책은 찾을 수 있나?' 생각이 들 만큼 겹겹이 쌓아둔 책들이 눈앞에 펼쳐진다. 그 책들 사이에서 도저히 이해가 되지 않을 정도로 마음이 편안해진다.

낡고 낡은 것들이 모여 이렇듯 평화로움으로 전달해준다는 데에 놀라며 아마 이것은 내 나이가 자랐기 때문이란 생각을 해본다. 나이가 자라서 보이는 것과 느껴지는 마음에 사뭇 감사해지는 곳이다. 혹시 방콕을 방문하게 된다면 이 두 곳에서 주는 양면의 감정을 느껴보시길.

방콕에서 맞이한 서른 번째 생일. 사랑하는 친구가 먼 타국까지 와서는 생일 축하 노래를 불러주고 돌아갔다.

분명 혼자 있을 땐 몰랐던 외로움인데 누군가 옆에 있다 다시 혼자가 되었을 때 마주한 이 외로움은 대체 어디서 부터 걸어온 것일까?

또다시 이곳에 홀로 남았다. 방콕에서의 처음 일주일은 누군가를 기쁘게 해주기 위해 보냈다면 남은 일주일은 온전히 나의 기쁨을 시간에 기대본다.

혼자가 되니 집 앞에 작은 시장이 있다는 걸 알게 되었고, 혼자가 되니 네 끼씩 챙겨 먹던 밥상의 횟수도 으레 줄었으며. 혼자가 되니 둘일 땐 안 들리던 소리에 쉽사리 잠을 이루지 못한다.

외롭다 말하면 외로워질 게 뻔하니 혼자라 다행이다 다독여보기도 하지만 역시나 공허해지려는 마음은 쉽게 몰아내지지 않는다.

그렇게 혼자가 된 첫날. 공원을 걷다 저 멀리 누군가 막 일어난 자리에 앉아보았다. 왠지 처음부터 아무도 없던 의자보단 따뜻할 거란 생각에.

이리 더운 나라에서 따뜻함을 찾다니 나의 상태는 묻지 않아도 뻔하다. 이런 내 마음을 나도 모르는 척 챙겨온 책을 꺼내 읽었다. 한참이 지나 하늘을 물들이던 빨간 노을이 책 위로 올라와 이제 집에 갈 시간임을 알려준다. 그리고 그렇게 한 번 더 의자에 눈길이 머물렀다.

의자는 괜찮다 말하며 나의 발길을 돌려보내려 하지만 계속해 이렇게 누군가를 떠나보낸 의자가 너무 쓸쓸해 보여 미친 여자처럼 안아줄 뻔. 의자 하나에 이토록 마음이 쓰이는 건 나 역시 누군가를 떠나보냈다는 동병상련의 마음일까? 아니면 나도 누군가의 눈에 그리 쓸쓸히 비치어 말하지 않아도 나의 외로움을 안아주었으면 하는 바람일까. 아무것도 답을 내리지 못하고 또다시 혼자가 된 오늘은 방콕에서의 일곱 번째 밤이다.

셋,

여행＝인생＝치킨

여행을 하면서 좋은 점
사진과 함께 추억이 늘어난다는 것
여행을 하면서 안 좋은 점
추억과 함께 통장 빛도 늘어난다는 것

여행을 하면서 좋은 점
건강에 좋은 비타민, 철분, 심지어 오메가까지
챙겨 먹는다는 것
여행을 하면서 안 좋은 점
그럼에도 불구하고 피부가 푸석푸석해진다는 것

여행을 하면서 좋은 점

소중한 사람이 떠올라 나에게 중요한 사람이 누군지
느낄 수 있다는 것
여행을 하면서 안 좋은 점
그리운 사람도 함께 떠올라 지나간 것을 뒤늦게
후회한다는 것

여행과 인생이 같은 점은
이렇듯 좋은 점 나쁜 점 반반이라는 것

인생이 치킨과 비슷한 점은
반반이 딱 적당히 맛있다는 것

넷,

연연해하는 건
그때의 시간일까 추억일까

어느덧 핑크색 택시가 마음에 사랑스레 와 닿고 오토바이가 새벽의 어스름한 공기에 스며들어 자장가가 되어주는 방콕에서의 열한 번째 아침.

아! 오늘은 장을 보는 날. 사흘에 한 번 꼴로 숙소 10분 거리에 있는 마트에서 장을 보는데, 장 보는 건 왜 그런지 늘 설렌다. 미혼의 여성에게 마트란 결혼의 로망 혹은 독립의 로망을 충족시켜준다고나 할까.

미혼의 나 역시 설레는 마음을 감추지 못하고 계속해 장바구니를 달랑달랑 흔들며 한국보다 비싼 라면을 하나 담고, 한국보다 훨씬 저렴하니 과일은 듬뿍 담고, 서울에

서는 안 먹지만 왠지 자꾸 끌리는 콜라도 담고, 그러다 계산할 때쯤 지갑 사정을 고려해 몇 개 제자리에 놓아두기도 하지만 그래도 절대 빼놓지 않는 게 있다면 그건 바로 과자. 군것질을 좋아하는 나에게 과자 한 봉지란 카페인만큼 큰 힘이 되어주기에 그렇게 계산을 하고 숙소로 돌아와 정리도 안 한 채 아까 간택된 과자부터 뜯어 한 움큼 입안으로 넣었다.

"으악!!"

입안에서 느껴져야 할 맛을 코로 쏘아 올린 듯 코 안 가득 퍼지는 시큼한 향에, 상했나? 싶어 얼굴을 찡그리고 봉투를 보니 대문짝만 하게 '식.초.맛(V.I.N.E.G.E.R)'이라고 쓰여 있는 것이 아닌가. 한숨을 쉬며 손목에 있던 머리끈으로 돌돌 묶어 냉장고에 넣어버렸다. 집에 가는 날까지도 마치 불치병에 걸린 환자를 살리고 싶은 불굴의 의사처럼 몇 번 더 시도했다는 말은 하지 않아야지. 창피하니까.

방콕에서 열흘째. 여행의 참 스승은 어쩌면 '맛집'에서 발견하지 않을까 싶어 유명한 파타야 집을 찾아 길을 나섰다. 방콕은 오토바이 수만큼 참새 수도 많은데 참새들이 잠시 휴식을 취하려 땅에 내려왔다간 발바닥 화상으로 곧장 오토바이 타고 응급실에 가야 할 것만 같은, 해가 쨍쨍 내리쬐는 아침. 30분을 걸어 찾아간 가게. 에어컨 앞자리를 사수한 뒤 종업원이 건네준 메뉴판에서 가장 무난해 보이는 음식 사진 하나를 가리키며 해맑게 웃었고 곧 음식이 나왔다.

"으악!!!"

말릴 사이도 없이 혓바닥은 불구덩이 속으로 뛰어들었고, 입안 전체가 너무 뜨겁고 아릿해졌다. 재빨리 앞에 놓인 물로 불을 끄며, 머릿속으로 아까 그 메뉴판을 떠올려보았다. 그때 막 빨간 불로 바뀐 신호등처럼 머릿속에 켜진 글자. '매.운.맛(S.P.I.C.Y)'

아무리 외국어에 재능이 없다 한들 초등학교 6년+중·고등학교 6년+대학교 4년+각종 토익학원에서 보낸 세월을 합치면 족히 20년은 될 텐데, 모국어보단 외국어의 기술을 중시하는 사대주의 교육을 받은 한국인으로서 모를 수 없는 단어들인데. 안 보였던 걸까. 안 보고 싶었던 걸까? 떡하니 쓰여 있는 글자조차 보지 못하는데, 과연 내가 보고 있는 것들은 진정한 것들일까?

살면서도 이렇게 꼭 봐야 할 것들을 놓치고 살아왔던 건 아닐까 하며, 그와 나누었던 편지와 문자들이 떠오르는 건 왜인지. 그와 나누었던 많은 대화 속에 내가 놓쳐버린 게 있을까 봐, 꼭 보아야 했던 그의 마음을 흘려보내버린 건 아닐까 하여. 괜스레 보고 싶은 얼굴이 떠올라 입안과 동일한 속도로 마음이 아릿해져 스푼을 내려놓고, 다시 뜨거운 햇빛 속으로 무작정 걷는 걸 택한다.

그 사람 또한 그때 내가 죽도록 사랑한다 말했던 사람이고, 이 사람 또한 현재 내가 죽어라 사랑한다 외치는 사람인데.

이 사람은 현재 내가 너무 사랑하는 사람이지만, 그 사람 또한 그땐 분명 가장 사랑했을 사람일 것이다.

결국 모든 사랑이 그렇듯 그것은 놓지 못할 아쉬움을 만들고, 이제는 놓고 싶기도 한 그리움을 만들며 아직은 곁에 있어주었으면 싶지만 그게 또 뜻대로 잘 되지 않으니, 그러니 이번 사랑엔 연연해하지 말자고 해놓고도 이렇게 떠나온 길에선, 모든 사랑이 현재와 과거에 상관없이, 시간과 흔적에 상관없이 떠올랐다 떠나가고, 떠나간 걸 애써 붙잡으며 또다시 사랑을 연연해하고 있는 중이다.

눈앞에 잡을 수 있는 사랑이 없어서 그런 것일까? 아무래도 이곳은 나의 추억과는 동떨어진 타국이니 날 다독여줄 안정제 같은 것은 더욱이 찾을 수 없는 먼 곳이니까.

아무래도 이젠 돌아갈 시간이 되었나 보다.
마음껏 추억을 꺼내 볼 수 있는, 마음껏 손 내밀어
사랑을 만질 수 있는 나의 사랑이 있는 곳으로.

다섯,

가급적
쭉 가만히

예상은 했지만 3월 우기에 접어든 방콕은 비가 내린다. 갑자기 내리는 비가 선물 같은 오늘은 방콕에서의 마지막 날.

갑자기 비가 내리면 무척 신이 난다. 이건 어렸을 적부터 그랬다. 갑자기 내리는 비에 우산까지 없다면, 이건 내가 기다리던 나이스 타이밍.

신나게 빗속으로 뛰어들기도 하고, 요리조리 비를 피해 뛰어보기도 하고, 요즘은 조금 청승맞아 보일까 싶어 망설일 때도 있지만, 여전히 아침 일기예보에 엄마가 챙겨주는 우산을 종종 창틀에 걸어두고 나온다.

아! 또 있다. 신호등이 깜박거릴 때면 무척 신이 난다. 멀리서 파란불이 깜박이며 위험하다 손짓하는 횡단보도를 건널 때 흥분되고 설레는 기분. 이런 변태 같은 취향을 갖게 된 건 아마 나의 어렸을 적 트라우마 때문일 것이다.

홀로 일을 하시며 바빴던 엄마는 내가 말썽을 피워도, 내가 반장이 되어도 학교에 와줄 수 없었다. 그러니 당연히 비가 오는 날도 상황은 마찬가지. 비가 오면 교문 앞은 우산 부대로 득실거렸는데 우산 부대 뒤로는 마차 부대도 있었다. 마치 신데렐라를 데려가는 호박마차처럼.

_부러워하지 말자.

그러기 위해선 즐거운 척을 해야 했다. 비가 와서 너무 신나는 척. 원래 비 맞는 걸 좋아하는 척. 그런 척 몇 번에 실제로 비 맞는 걸 좋아하게 될 줄 그때는 몰랐지만.

두 번째 변태 같은 취향을 갖게 된 건 아마 초등학교 5학년 때쯤.

좋아하는 남자아이와 길을 걷고 있었는데, 그 아이의 이름이 무엇이었는지 그 애의 얼굴이 잘생겼었는지 우리는 어디로 가고 있었던 것인지 왜 우리 둘만 같이 있었던 것인지 전혀 기억나는 건 없지만 그 아이의 큰 목소리만큼은 아직도 선명히 기억난다.

"뛰자!"
"곧 빨간 불로 바뀔 것 같은데?"
"이것도 못해?"
"……응, 무섭단 말이야."

결국 나는 그 신호를 건너지 못했다. 다음 신호가 바뀌기 전까지 그 애와 나 사이엔 침묵과 어색함이 감돌았다. 그 장면 이후로 그 아이는 내 인생의 어느 장면에도 등장하지 않았지만 그날 이후로 나에겐 한 가지 법칙이 생겼다.

_초록불이 깜박일 때는 뛰는 거야.

아마도 어린 마음에 그때 그 신호를 건너지 못하고 주춤거렸던 것이 뭔가 치부를 들킨 듯 부끄러웠던 모양이다.

이런 것을 두려워하는 건 바보 같은 거라는 생각도 함께.

그 뒤로 초록불이 깜박일 때면 급하든 급하지 않든 무조건 전속력을 다해 뛰고 본다. 그런 짓 몇 번이 날 스릴에 이토록 중독시킬 줄 그때는 몰랐건만, 그런데 그 아이, 어린 나이에도 이 느낌을 알았던 걸까? 그렇다면 나는 어렸을 적부터 이렇게 위험한 남자들만 만나고 다닌 거야? 맙소사.

이번 여행은 특히나 많이 돌아보지 못한 여행이었다.

혹여 아쉬워질까 지도를 펴두고 갈 만한 곳을 찾아보다 마지막 날이니 더욱 아무것도 하지 말자 생각해 대신 유명하지만 지갑 사정을 고려하여 가지 않았던 음식점이나 늘 커피 한 잔만 시켜 먹던 숙소 앞 커피숍에서 달콤한 디저트도 함께 주문함으로써 삐죽삐죽 올라오려는 아쉬움을 넣어본다.

출발은 늘 아쉽지 않은 여행이 되어보리라 다짐하지만 아쉽지 않은 여행이 어디 있겠는가. 아쉽기에 또 날아오르고 싶고 날아오르려 하기에 다시 열심히 현실의 바다에서 헤엄칠 힘을 얻는 거겠지.

우리 집 강아지가 보고 싶다. 이상하게도 이 점이 집으로 돌아갈 시간이 되었다는 걸 말해준다. 가족도 아닌 사랑하는 이도 아닌 강아지가 보고 싶은 건 아마 내가 최선을 다한 첫 번째이기 때문이리라. 최선을 다한 건 멀리 떨어져 있어도 그립지 않으며, 여행 중에는 늘 최선을 다하지 못한 것부터 둥실둥실 떠다니기에.

항상 잘해드리지 못한 엄마,
뭔가 완벽하게 해내지 못한 일,
늘 애매하게 표현한 사랑 그리고 아직
전하고 오지 못한 마음.

이렇듯 최선을 다하지 못한 것들에 마음을 쓰며 여행을 하다 결국 최선을 다한 것들마저 떠오를 때쯤 여행을 마친다. '돌아가면 그것들의 위치를 조금 바꿔볼까?' 생각하면서.

내 앞에 놓인 과제, 현재 진행형인 사랑,
앞으로의 미래마저 마치 누군가 외로움 한 스푼을
넣어둔 것처럼 때때로 나에게 차갑죠.
우리는 누가 넣었는지도 모를 그 외로움을 걷어내보고자
새로운 환경을 찾아 떠나는 것은 아닐까요?

여섯,

특유의
고집스러움

머릿속 헤매고 있는 단어를 끌어모으는 일
그것들을 순서에 맞게 배열하는 일
그 배열된 단어 사이에 알맞은 조사를 집어넣는 일
그렇게 내 마음을 풀어놓는 일

그 풀어놓은 감정을 남들과 다른 색깔로 버무리는 일
종국엔 그 문장을 그 남들의 마음에 공평히 물들이는 일
한 문장이란 이토록 정교한 작업의 결과물인데
쉽게 써지길 기대하지 말자.

글을 쓰기 좋은 상태는 사실 슬픔이 바닥끝에 붙어 있을
때도 기쁨이 하늘 꼭대기에 춤을 추고 있을 때도 아닌 그

저 마음의 바다가 잔잔할 때인 것 같다. 어쩔 땐 생각은 깃털보다도 가벼워 붙잡아두려 애쓰지 않으면 공기중으로 산산이 흩어져 결국 어떤 단어가 내 것인지 구별해내지 못한다.

계속해 글을 쓰기 위해 도쿄에 가는 이유도 어쩌면 이와 비슷하다. 타지이지만 자주 가보았고, 그렇기에 새로운 것에 계속해 마주하지 않아도 되니 그만큼 낯섦을 경계하는 시간을 줄일 수 있달까? 그렇게 오늘도 익숙함과 낯섦 사이에 한자리 차지하고 앉아 문장 끝을 붙잡고 있는 중이다.

저기 멀리 보이는 건물에 캠페인인지 영화 홍보물인지 모를 포스터 하나가 크게 붙어 있는데, 포스터에는 심오한 표정의 남자 두 명과 절망한 듯한 표정의 여자 한 명이 들어가 있었다. 저 여자 왠지 일본 드라마에서 많이 본 것 같은데, 짙게 칠해져 있는 다섯 개의 붉은 단어는 무엇을 뜻하는 것일까.

이상하게 들릴지 모르겠지만 여행의 좋은 점 중 하나는

알아보지 못하는 글자다. 사실 언어를 모르니 당연한 것이겠지만 험상궂게 생긴 사람이 나와 세상 흉악한 범죄를 저지른 것 같은 내용의 뉴스도 심지어 지지직거리며, 겨우 주파수를 잡아 틀어놓은 우리나라 뉴스조차 마치 먼 나라의 일인 듯 느껴진다.

그리고 또 하나는 순간을 묻어둘 수 있다는 점이다. 아프다, 힘들어, 같은 몸 어딘가에서 보내는 상태의 신호부터 그리워, 보고 싶어, 같은 감정의 신호를 곧바로 이야기할 곳이 없으니 순간의 감정에 치우치지 않아 마음이 조금 단단해진다고 할까? 순간의 감정은 보통 가둬둔 마음의 분출이라 진심을 비껴갈 때가 종종 있으니까.

그래도 저 포스터를 보고 있자니, 오랜 여행 기간 동안 나의 감정을 너무 가둬둔 것만 같아 감정을 숨 쉬게 주고 싶어 노트북으로 영화 한 편을 틀었다.

고레에다 히로카즈 감독의 〈아무도 모른다〉, 내가 좋아하는 일본 영화감독의 영화다.

"어떤 영화를 좋아해?"라고 물으면 보통은 스릴러, 액션, 멜로, 이렇게 장르를 이야기하는데 나는 "일본 영화"라고 말할 때가 종종 있다. 왠지 나에게 일본 영화는 특유의 한 장르 같기에.

어떤 것에 '특유의'라는 말이 붙기까지 분명 여러 번의 다른 시도가 있었을 텐데, 다른 시도의 규칙성 때문인지 한 사물은 결국 특유의 빛을 낸다. 그 특유의 빛 때문인지 마음이 쓸쓸할 때 혹은 기분이 울적할 때 또는 사랑이 그리울 때 나는 자주 일본 영화를 찾아 본다.

원래 다큐멘터리 감독이었던 고레에다 히로카즈. 그의 특유한 감성이 잘 드러나는 영화 〈아무도 모른다〉는 1988 도쿄에서 일어난 '스가모 어린이 방치 사건'을 바탕으로 제작되었다. 그 영화에 대해 감독은 이렇게 말한다.

"실화를 재연할 생각은 없었어요."

그래서인지 처절하고 안타깝고 화가 나도록 상황에 몰입시키지만, 그렇다고 인물들을 그저 불쌍하게만 놔두지 않으며 영화는 흘러간다. 크리스마스 전에는 돌아오겠다는 메모와 함께 집을 떠나버린 엄마. 열두 살의 장남인 아키라. 둘째 쿄코, 셋째 시게루, 그리고 막내 유키까지 네 명의 아이들은 엄마를 기다리며 하루하루 보내지만 약속한 크리스마스가 지나고 봄이 와도 엄마는 나타나지 않는다.

사실 이 영화는 정작 보는 관객만 답답하지 주인공들은 어려움 속에서도 성장하고, 위험 속에서도 나아가고, 약함에 저항하지도 않으며 그저 그들 삶의 지나갈 한 부분이라는 듯 시간의 한 조각을 상황에 맞추어 어우르듯 살아가는데, 바로 그래서 영화라고 하기엔 너무 현실적이고 다큐멘터리라고 하기엔 너무 영화 같은 작품이 탄생했는지도.

그리고 이 영화를 보며 감탄한 건 바로 이런 부분이었다. 언뜻 보면 아프고 슬픈 이야기인데도 불구하고 눈물이 나지 않는다는 점.

오히려, 아이인 우리도 이렇게 살아가고 있는데 어른인

너희는 어째서 무엇이 그렇게 무서운 것이냐고, 그러니 더 잘 살아보라고, 더 힘을 내보라고 그 조그만 목소리가 외치는 것 같은, 마음을 든든하게 해주는 영화.

역시 '특유의' 거장답다. 그 역시 이토록 정교한 작업을 쉽게 해냈을 리가 없겠지. 고비와 고난과 여러 번의 반복적인 시도가 그에게도 있었을 텐데 그럼에도 한곳을 향해 똑바로 걸어간 그의 20년 세월이 우아해 보인다.

아! 다시 문장 끝을 잡아봐야지.
특유의 고집스러움을 갖고 말이다.

'재능이 없어도 노력하면 된다.'는 문장은 어딘가
신통치 않다. 노력의 질은 다 다르기에
노력과 재능은 같은 문장 위에 둘 수 없다.
노력했다 말할 수 있는 건 오로지 그것만을 위해 보낸
'정직한 시간'이다.

일곱,

혼자를
이해받는 것

다 같이 기다렸다는 듯 점심을 해결하기 위해 쏟아져 나
온 도쿄의 12시.

이곳은 조금 조용하겠다 싶어 혼자 들어온 음식점 안은
밖에서 본 풍경과는 다르게 굉장히 붐비고 소란스러웠
다. 안내받은 자리에 앉아 불안한 듯 두리번거리다 저쪽
구석자리가 비교적 소음이 덜할 것 같아 자리를 바꾸고
는 이내 옆에 가방을 올려두었다. 내 옆에 앉지 말라는
일종의 신호. 그렇게 철저히 혼자가 되었음을 안도하고
구석에 앉아 런치세트 하나를 주문하였다.

차르릉—

차임벨이 울리며 세 명의 소녀가 들어왔고 그들은 고민할 것도 없이 내 옆자리로 다가와 올려둔 나의 가방을 말하듯 바라보았다. 나는 조용히 가방을 내리며 아까 그 자리가 더 나았겠다 싶어 불과 5분 전의 행동을 후회했다. 다행히 식사는 빠르게 나왔고 내 것과 그 세 소녀의 음식이 각자의 테이블 앞에 차려졌다.

빨리 먹고 나가야지, 푸드파이터처럼 곧장 숟가락을 들어 허겁지겁 그릇과 입 사이를 오갔다. 그런데 나의 '달그락 달그락' 소리가 오히려 너무 크게 들릴 정도로 옆쪽에서는 아무 소리도 안 들리는 것이 아닌가. 의아한 맘에 숟가락을 멈추고 옆을 보니 소녀들 셋은 굉장히 조용했다. 아니 개별적이었다고 해야 할까? 방금 요 밑에서 만나 우연히 같이 앉았다고 해도 믿을 만큼.

그들의 눈길이 향하는 곳은 같이 식사를 하는 친구도 아닌, 자기 몫의 오므라이스도 아닌 오로지 핸드폰이었다. 중간중간 "맛있네" 하는 소리가 들렸지만 서로에게 하는 말인지 휴대폰 속 sns에 대고 하는 말인지 분간이 어려울 정도로 작은 목소리였다. 그렇게 같이 와서도 혼자의 시간을 원하던 소녀 셋.

사람들은 누군가와 같이 있어도 곧 혼자가 되길 원한다.
물론 반대 경우도 있지만.

친구와 웃고 떠드는 술자리에서도 중간중간 내일까지 제
출해야 할 보고서가 떠올라 혼자 맘이 바빠지기도 하고,
매일 주말 같기를 바라며 결혼한 신혼부부도 가끔은 월
요일 출근을 기다리는 것처럼 말이다.

우린 무언가에 둘러싸이길 원하지만 이 사실 또한 알고
있다. 계속해 둘러싸이다간 이내 숨이 막혀버릴지도 모
른다는 것.

수많은 관계를 지속하기 위해 우리가 할 수 있는 건
숨을 내쉴 적당한 거리를 찾는 것이라는 걸 말이다.

여덟,

소수의 사람들이
우는 법

눈물을 흘리지 않고도 우는 사람을 본 적이 있다. 슬픔이
낯설어서도 아니고, 그렇다고 몸의 기관 중 하나가 고장 나
서도 아닌, 그냥 눈물을 흘리지 않을 뿐 그는 울고 있었다.

사람마다 슬픔의 역치가 달라 대체로 어렸을 적 별의별
일을 다 격은 사람일수록 슬픔에 무디고 눈물에 야박해지
는데, 그런 사람들은 감정을 가둬두고 필요할 때 꺼내 우
는 법을 알며 그렇게 세상에서 소수의 사람이 되어간다.

그도 그 소수의 사람 중 한 명이었을까.
나와 같은 세계의 사람일까. 그럼 그의 마음엔
얼마나 큰 슬픔이 도사리고 있는 것일까.

하지만 이런 소수의 사람들은 남의 슬픔을 조금 빨리 내다보지만 선뜻 휴지 한 장 건네지 못한다. 이미 그의 마음속 쌓여 있는 휴지의 무게를 알기에, 그저 혼자 묵묵히 겪어내길 기다린다.

슬픔은 물과 같아서, 계속해 차오르면 차오를수록 결국 숨이 막혀버릴 걸 알기에 자신보다 더 큰 슬픔 앞에서 우리는 겁내듯 도망쳐버리는 건지도 모르겠다.

그런데 상대방이 주는 슬픔을 받아둘 수 없는데
이런 우리가 과연 상대방이 주는 기쁨은 받아둘 수
있을까?

아홉,

모래 위
파라솔처럼

나는 한편의 배려였다.
그가 좋아하는 걸 하나라도 더 해주고 싶은 마음.

그 역시 일종의 배려였다.
그 좋은 걸 자신보단 상대에게 주고 싶은 마음.

배려와 배려가 부딪칠 때 생각보다 요란한 소리를 내었다.
요란한 소리에 둘의 잔잔했던 마음에 파도가 일었다.

갑자기 생겨난 파도에 둘은 서로의 입술 끝만 바라보며
그 끝이 움직이길 기다렸다.
한참의 침묵 후, 먼저 입술을 움직인 건 그였다.

"네가 좋아하는 거니까 나 대신 네가 다녀왔으면 좋겠어."
"응. 하지만 다음에는 꼭 같이 가자. 혼자 하는 것보단 둘이 함께하는 기쁨이 더 크다는 거, 우리 이젠 알잖아."
"그래 다음엔 무조건 같이 가자."

소년처럼 수줍게 말하는 그의 표정에 그만 웃음이 나왔다.
이제야 나의 발끝에 닿은 파도가 시원하게 느껴졌다.
그의 잔잔한 마음이 오히려 사랑을 불안하게 만들던
차였다.

웃음에 그는 안도하며 나의 손을 잡았다.
나의 웃음이 마치 자신의 스타트 버튼인 것처럼.

우리는 그렇게 첫 번째 파도를 맞이했다.

파도가 그의 마음에 창문을 내어주었고,
파도가 나에겐 시원한 바람이 되어주었다.

앞으로도 파도는 우리 사이를 계속해 왔다 갈 것이다.
어쩌면 매서운 폭풍우를 동반하기도 하겠지만.

중요한 건 물결의 세기가 아니다.
파도가 몰아치는 순간을 피하지 않고
서로의 손을 잡아주는 것이다.

열,

바다거북이야
다음 생에 만나자

혹시 심해 공포증이란 말을 들어본 적이 있는가.

심해나 심해어같이 깊은 바닷속 혹은 자신이 감당하지 못할 것 같은 큰 물체를 보면 답답하거나 무서워하는 증세를 말하는데, 그 증상의 일종인지 나는 큰 물건, 큰 건물, 큰 바다를 사진만 봐도 무서워한다.

그 증상을 알게 된 건 중학교 2학년 도덕 시간. 도덕책을 뒤적거리며 수업을 듣고 있는데 맨 앞장 양쪽 페이지 가득 들어찬 백두산 천지 사진에 갑자기 숨이 막힐 듯 갑갑함을 느끼고 이내 책을 덮어버렸다. 아직도 나의 도덕 점수는 그날 그 천지가 한몫했다 믿는다.

그리고 이런 심해 공포는 여행에서도 자주 느끼는데 도쿄에 갔을 땐 도쿄타워, 프랑스에 갔을 땐 에펠탑 쪽은 쳐다보지도 못했고, 이름도 기억 없는 이탈리아의 한 성당에선 겉모습이 너무 웅장해 들어가지 못하고 그 앞 가게에서 혼자 햄버거를 먹었다.

이랬던 내가 지금 망망대해 바다 한가운데 있다는 거, 이거 실화냐?

"물속에 들어가면, 진짜 찐짜 조용하거든. 숨 쉬는 소리만 들려. 그걸 자기도 느끼게 해주고 싶어."

이 말 한마디에 나는 내 옆으로 다이빙 자격증을 따려는 사람들과 함께 둥둥 떠 있는 중이다. '진짜'를 한 번만 했어도 일이 이렇게까지 커지진 않았을 텐데 그놈의 '진짜 진짜'가 문제였다.

심해 공포증 때문에 무서워하는 건 셀 수 없이 많지만 그래도 첫 번째는 역시 바다다. 아! 정확히 말하면 잠수. 아, 아니다. 더 정확히 말하면 숨이 막힐 것 같은 밀실의 상태가 무서운 것이다.

여덟 살쯤이었던 것 같다. 어쩌면 내가 심해 공포증이 생긴 건 이때부터였을지도.

엄마는 나에게 물속 재미를 알려주고 싶었는지 아니면 자신이 일하느라 바쁜 시간을 핑계 삼아서였는지 한마디 상의도 없이 나를 '돌고래 수영단'에 가입시켰고, 나는 좋다 싫다 의사 표현할 새도 없이 새 수영복, 새 수영모자, 새 물안경이 든 새 가방을 꼭 쥐고 '돌고래 수영단' 버스에 올라탔다. 그리고 그날을 포함 딱 사흘이 내가 그 '돌고래 수영장'에서 버틴 시간이다.

돌고래 수영단의 첫 일정은 물과 친해지기였다. 얕은 곳에서 서로 물장난을 치며 열댓 명의 아이들은 스스럼없이 신나게 놀았다. 물론 그중에는 얼굴을 물속까지 넣었다 빼며 자신이 이곳의 에이스가 될 거라는 걸 미리부터 공지하는 아이도 있었다. 그날 그곳 분위기가 꽤 즐거워 엄마에게 "수영 학원이 쫌 재미있는 것 같다"며 새초롬하게 말했던 것도 같다.

문제는 다음 날이었다. 초반에는 어제와 같은 것을 하였다. 서로 물을 뿌리며 장난도 치고 그러다 선생님이 이제 물안경을 써보라고 하였다. 그다음으로는 "흐으으으음" 소리를 따라하라 하였고 또 그다음은 그 상태로 얼굴까지 물속에 넣어보라고⋯⋯ 몇몇은 망설이지 않고 바로 물속으로 들어갔다. 나는 몇몇이 물속에 잠기는 것을 보면서도 쉽사리 몸이 움직이지 않았다.

"선생님 그럼 숨은 어떻게 쉬어요?"
"숨은 나와서 쉬어야지."

'아 그럼 물속에서는 숨을 쉬는 것이 아니구나.' 나는 물안경을 끼고 계속해 '흐으으음'만 반복했다. 옆에 하나 남은 친구마저 들어가는 걸 보고서야 나는 눈을 찔끔 감고는 '흐으으음'과 함께 머리를 천천히 넣었다. 물안경을 꼈는데도 난 눈을 뜨지 못했다. 모든 생각은 오로지 '흐으으음'에만 있었기에.

"흐으으⋯⋯으⋯⋯윽!"

선생님이 알려준 방법대로 따라했는데도 무슨 일인지 콧속으로 물이 들어와 목 안까지 타고 내려오는 바람에 당황하여 코에서 손을 떼고는 온몸에 힘이 들어간 채로 버둥댔다. 나는 결국 선생님에 의해 구출되었다.

그날 집으로 돌아와 이제 수영장에 가기 싫다며 목 놓아 울었다. 목 놓아 울었는데도 셋째 날까지 보낸 걸 보면 아마 엄마의 바쁜 시간이 핑계였던 게 분명하다.

아무튼 그랬던 내가 지금 이 까만 바다 위에 그것도 잠수를 한다며 떠 있다니, 사랑의 힘은 참 대단하다.

"바다거북이 정말 예뻐. 자기도 보면 반할걸?"
"바다거북이? 우와 귀엽겠다. 그래도 안 할래. 무서워."
"그렇게 계속 무서워하다 보면 평생 수영장 근처는 가보지도 못할걸?"
"응. 그 편이 행복한걸? 내가 비키니를 포기하고 얻은 음식이 얼만데."
"지금 요점이 그게 아니잖아?"
"아무튼 안 해! 안 할래. 물 진짜 무서워."

"물속에 들어가면, 진짜 찐짜 조용하거든. 숨 쉬는 소리만 들려. 그걸 자기도 느끼게 해주고 싶어."

결국 나는 용기 내 도전을 했고 그리고 결국 나만 해내지 못했다. 뭐 예상했던 결과라 나는 속상하지 않았는데, 예상했던 것보다 못해 그는 부끄럽긴 했나 보다. 그렇게 나는 숙소로 돌아와 그날 밤 일기장에 이렇게 적었다.

'바다거북이야 다음 생에 만나자.' 그리고 그 아래 이렇게 또 적었다. '인생에 겁 하나쯤 갖고 있는 거 생각보다 괜찮네?'

왜냐하면 나는 오늘 그래도 물에 빠져보지 않았던가. 이유야 어찌 되었든 평생 바다나 수영장 가까이엔 가지도 않던 내가 물에 빠질 용기를 내보지 않았던가. 그 결과 '수영을 다시 배워볼까?' 하는 작은 도전 의식 또한 생겼으니 아, 참으로 충분하지 않은가.

인생에 겁 하나쯤 갖고 있는 건 참 유용한 일이다.
겁이 없었다면, 용기를 만나볼 기회조차
없었을 테니까 말이다.

장혜현

1988년. 봄에 태어나서인지
차가웠다가 따뜻해지는 기분을 좋아합니다.
비단 날씨뿐 아니라
사람과의 관계, 말투, 생각까지도 말이죠.

그리고 이런 대화가 모여 하루를 완성해가는 것 또한
막 싹이 튼 봄의 꽃을 가꾸는 일과 비슷하다고
느껴집니다. 조심도 해야 하며 무엇보다
적당한 관심이 중요하니까요.

하지만 하루가 모여 인생의 역사책이 만들어지듯이
하루의 절반엔 사람이 지나가며,
그 절반의 절반엔 소중한 사람이 만들어지는 일
또한 봄의 기운 중 하나라고 생각합니다.
저는 그런 '봄'과 같은 사람이 되고 싶습니다.